作 緑川聖司
絵 TAKA

七不思議神社

迷《まよ》いのまぼろし

あかね書房

「リク！　引いてるぞ！」

少しはなれたところでつり糸をたらしていたシンちゃんの声に、

「え？」

ぼくは反射的《はんしゃてき》に、かまえていたつりざおをにぎりなおした。

同時に、水面でぷかぷかと上下していたオレンジ色のうきが、スッと川にしずんで、
ぐぐっと引っぱられる。

「わわっ！」

そのままバランスをくずしそうになるのを、なんとかふんばって、

「えいっ！」

気合いとともに、さおを思いきり引きあげると、

バシャッ！


水音をたてて、銀色の魚が川から飛《と》びだした。

「やったぁ！」

ソラがとなりではしゃいで手をたたく。

「こいつはでかいぞ」

ソラの後ろからのぞきこんで、タクミも声をあげた。

小学校最後《さいご》の夏休みがはじまって、もうすぐ一週間。

ぼくは同級生のシンちゃん、ソラ、タクミといっしょに、月森川《つきもりがわ》でつりをしていた。

頭上には、目にしみるような真っ青な空が、どこまでも広がって、七月の太陽が照《て》りつけている。

ぼくとタクミはキャップをかぶり、シンちゃんは麦わら帽子《ぼうし》、そしてソラは日がさで太陽から身を守っているけど、それでも立っているだけであせがふきでてくるほどの暑さだった。

魚を針《はり》からはずして、バケツにいれながら、

「よく気づいたね」

ぼくがシンちゃんにいうと、

「うきがびみょうに動いてたからな。リクも、そのうちわかるようになるわ」

つり名人のシンちゃんは、ニッと笑《わら》った。

「よーし、つぎはおれの番やな」

つり針《ばり》にエサをつけたタクミが、つりざおを大きくふって、しかけを川の中ほどまで投げる。

そのまましばらく待っていると、タクミのつりざおが、ぐんと深くしなった。

「おっ！　きた！」

タクミは興奮《こうふん》した声で引っぱりあげようとしたけど、反対にさおを持っていかれそ

うになる。

かなりの大物がかかったみたいだ。

シンちゃんがとなりからつりざおに手をのばして協力《きょうりょく》するけど、それでも二人は引きずられていった。

ぼくも横からさおに飛《と》びついて、

「せーのっ！」

かけ声と同時に三人で力を合わせると、

バシャン！


さっきよりも高く水しぶきをあげながら、緑色の生きものが、つり糸をつかんで川から飛《と》びだしてきた。

頭にはお皿が乗っていて、そのまわりにはギザギザの髪《かみ》が生えている。くちばしのようにとがった口に、細長い手足、背中《せなか》に大きなこうらを背《せ》おったその生きものは、

スイスイと川を泳いで、ぼくたちの前にやってくると、

「よう」

と、手をあげた。

月森川《つきもりがわ》に暮《く》らす、河童《かっぱ》のギィだ。

去年の秋に、ある事件《じけん》がきっかけで知りあって、いまではすっかり仲《なか》のいい遊び仲《なか》間《ま》だった。

「なんや、ギィか」

シンちゃんがあきれた顔でこしに手をあてる。

「へへへ」

ギィは頭をかいて笑《わら》った。

「ちょうどいいから、みんなでお昼ごはんにしない？」

ソラにいわれて、おなかが空いていたことに気づいたぼくたちは、木かげに移動《いどう》して、レジャーシートを広げた。

こしをおろしてタオルであせをぬぐいながら、水とうの麦茶をごくごくと飲む。

川をわたってくる風が、すごく気持ちいい。

五年生の夏休みの終わりに、おばあちゃんが住むここ七節町《ななふしちょう》に、父さんと母さんといっしょに引っこしてきてから、もうすぐ一年がたとうとしている。

新しい環境《かんきょう》になじめるか、はじめはすごく心配だったけど、いまではずっと前からこの町に住んでいるような気がしていた。

シートの上に、みんなが家から持ってきたおにぎりやサンドイッチをならべる。

川の水で冷《ひ》やしたキュウリをもらって、ごうかいにかじるギィに、

「さっきはあせったぞ」

シンちゃんが顔をしかめてみせると、

「すまんすまん。ちょっと、びっくりさせようと思ったんや」

ギィは頭をかいてあやまった。

「ギィが本気で引っぱったら、こっちの方が川に飛《と》びこんじゃうよね」

ハムサンドを手にしながら、ソラがいった。

ギィは身長一メートルと、体は小さいけど、妖怪《ようかい》のすもう大会で河童《かっぱ》の代表になるくらいの力持ちなのだ。

「ほんまやで。川のぬしでもかかったんかと思ったわ」

シンちゃんがそういって、三角のおにぎりをほおばった。

「ここって、ぬしがいるの？」

ぼくはびっくりした。

月森川《つきもりがわ》には、いままで何度も遊びにきてるけど、そんな話は聞いたことがない。

「いやいや、この川にはおらんと思うけど……」

シンちゃんはそこでいったん言葉を止めて、おにぎりを飲みこむと、

「ぬしがおる川も、あるらしいで。こないだ、父ちゃんが話してくれたんやけどな……」

お茶をひと口飲んで、太陽の光を銀色に反射《はんしゃ》する川面《かわも》をながめながら語りはじめた。

とってはいけない

つり仲間《なかま》のK《ケー》さんから聞いた話。

いまは七節町《ななふしちょう》で暮《く》らしているK《ケー》さんは、子どものころ、W《ダブリュー》県のS《エス》町《まち》に住んでいました。

S《エス》町《まち》には、S《エス》川《がわ》という大きな川が流れていて、夏は水遊び、春や秋にはつりができるので、地元の人に親しまれていました。

そのS《エス》川《がわ》には、春と秋にそれぞれ三日間だけ、近づいてはいけない期間がありました。

とくに、つりや魚とりなどの殺生《せっしょう》は、かたく禁《きん》じられ、子どもたちは川に近づかないよう、強くいいきかされていたのです。

ところが、ある年の秋のこと。

よく晴れた日曜日、K《ケー》さんは朝からつり道具を手に、こっそり家をぬけだしました。本当なら、今日までの三日間、川に近づくことは禁止《きんし》されているのですが、どうしてもがまんできなかったのです。

K《ケー》さんは川原に着くと、さっそくつり糸をたらしました。

ほかにだれもいないせいか、すぐにあたりがきて、魚がおもしろいようにつれます。

あっという間に、持ってきたバケツは、いっぱいになりました。

ふと気がつくと、さっきまで青かった空は、灰色《はいいろ》の雲におおわれ、人気《ひとけ》のない川原《かわら》には冷《つめ》たい風がふきはじめています。

禁《きん》じられた日につりをしている後ろめたさもあって、だんだん気味が悪くなってきたK《ケー》さんは、これで最後《さいご》にするつもりで、つり糸をたらしました。

すると、またすぐにあたりがきました。

それも、いままでとはくらべものにならないほどの大きなあたりです。

うでにぐっと力をこめて、引っぱりあげようとすると、

川面《かわも》をわるようにして、
身のたけ十メートルをこえる、
丸太のような大蛇《だいじゃ》があらわれました。

「うわあっ！」

K《ケー》さんはつりざおを放りだしてにげようとしましたが、どういうわけか、手にぴったりとはりついてはなれません。

なんとかふんばろうとしますが、大蛇《だいじゃ》の力に勝てるわけもなく、ずるずると川の方に引きずられていきます。

あっという間に、こしまで水につかったK《ケー》さんは、

「助けてー！」

と、大声でさけびました。

そこに、ちょうど通りかかった近所の人が、

「おい！　なにをしてるんだ！」

悲鳴を聞いて、かけよってきました。

そして、つりざおを手にしているK《ケー》さんを見て、状況《じょうきょう》を理解《りかい》すると、

「ばかやろう！」

とどなって、バケツの魚を全部川へと返したのです。

とたんに、K《ケー》さんの手からつりざおがパッとはなれて、反動で体が浅瀬《あさせ》にひっくりかえりました。

こしがぬけたK《ケー》さんが、その場でぼうぜんとしていると、

「殺生《せっしょう》はだめだっていわれてるだろ！　あと少しで、ぬしさまに連《つ》れていかれるところだったんだぞ！」

と、激《はげ》しくしかられました。

つりざおをなくして、空っぽのバケツを手に、びしょぬれで帰ったK《ケー》さんは、事情《じじょう》を知った家の人にさんざんおこられました。

あとで聞いた話では、春と秋の三日間は、地元の守り神でもある大蛇《だいじゃ》が、川にあらわれる日だったのです。

その間、川のものはすべて大蛇《だいじゃ》のものなので、魚をとったりすると、お供《そな》えものをうばわれた大蛇《だいじゃ》のいかりを買う、ということでした。

「――そんな話を聞いたばっかりやったから、大蛇《だいじゃ》がつれたんかと思って、びっくりしたんや」

語りおえると、シンちゃんはそういって笑《わら》った。

「それは悪いことしたな」

ギィもいっしょになって笑《わら》いながら、二本目のキュウリをかじった。

「今度、ええつり場に連《つ》れていったるから、かんにんしてくれ」

「そういえば、河童《かっぱ》には夏休みってあるの？」

ソラの問いに、ギィは首をかしげた。

「夏休み？　なんや、それは。夏が休むんか？」

「そうじゃなくて、夏は暑くて勉強に集中できないから、一ヶ月ちょっとの間、学校が休みになるのよ」

ソラの答えに、

「へーえ。それはええなあ。おれも夏は皿がすぐにかわいて大変《たいへん》やからな」

ギィは感心する声をあげて、自分の頭を、ポン、とたたくと、

「そんなに長いこと、学校が休みになるんやったら、毎日つりができるやないか」

といった。

「ほんまやな」

ソフトボールくらいありそうなおにぎりを両手でかかえながら、タクミがわらう。

「そやけど、それは再来週《さらいしゅう》からやな。来週は、おれの父ちゃんの知りあいがやってる民宿《みんしゅく》に、みんなでとまりにいくんや」

そうなのだ。

タクミのお父さんの友だちが、海辺《うみべ》の町で民宿《みんしゅく》を経営《けいえい》しているんだけど、予約《よやく》していた団体客《だんたいきゃく》が、直前でキャンセルになったので、格安料金《かくやすりょうきん》にするからとまりにこないかとさそわれたのだ。

みんなよろこんで、家に帰って相談したんだけど、急な話で、どこも大人の予定が合わなかった。

だけど、せっかくの夏休みに、こんないい話をことわってしまうのはもったいない。

そこで、家同士《いえどうし》で話しあった結果《けっか》、子どもだけ、タクミのお父さんに連《つ》れていってもらうことになったのだった。

行先は、となりの県にある浜風町《はまかぜちょう》。

タクミのお父さんの仕事の都合で、一日目は昼過《ひるす》ぎに出発して、到着《とうちゃく》は夕方になるけど、全部で三泊四日《さんぱくよっか》のちょっとした臨海《りんかい》合宿だ。

「あっちにいったら宿題しないとね」

ソラにいわれて、

「あー、そうやった」

タクミは空を見あげてなげいた。

七節《ななふし》小学校の夏休みの宿題は、各《かく》教科の問題プリントをまとめた冊子《さっし》と、自由課題《かだい》がある。

自由課題《かだい》では、読書感想文、読書感想画、自由作文、自由絵画のうちひとつを提出《ていしゅつ》しないといけないんだけど、せっかくなので民宿《みんしゅく》にいる間にしあげてしまおうと話していたのだ。

「おれはなににしよかな」

デザートに持ってきたスイカをかじりながら、タクミがいった。

「わたしはもう決まってるよ」

ソラがじまんするように胸《むね》を張《は》る。

「むこうで怪談《かいだん》を集めて、自由作文をかくの」

自由作文は、もちろんふつうの作文をかいてもいいし、文章を使った作品なら、俳《はい》句《く》や小説《しょうせつ》でもかまわない。

だから、ソラは浜風町《はまかぜちょう》に着いたら、現地《げんち》で怪談《かいだん》を集めて、それをまとめるつもりだといっていた。

「ギィは、夏の予定はないの？」

ぼくがたずねると、ギィはにやりと笑《わら》って、

「わしも、合宿や」

と答えた。

「合宿？」

ぼくはびっくりして聞きかえした。

ギィによると、ここから山をいくつかこえたところに、妖怪《ようかい》だけが知っている秘密《ひみつ》の温泉《おんせん》があって、その近くで、ほかの山に住む河童《かっぱ》たちと、すもうの特訓《とっくん》合宿をするのだそうだ。

いつかその温泉《おんせん》にもいってみたいな、と思っていると、パシャッ、と川で魚がはねる音がした。

「よーし、そろそろ再開《さいかい》しよか」

いきおいよくこしをあげるシンちゃんに、

「それより、はらごなしに、ちょっと運動せえへんか」

立ちあがったギィが、こしをおとして、すもうの構《かま》えをとった。

「いや、それはえんりょしとく」

前に、ギィのすもうの相手をさせられて、派手《はで》に投げとばされたシンちゃんは、つりざおを手にすると、すばやくにげだした。

それを見て、ぼくたちは太陽の下で笑《わら》い声をあげた。

「あ、見えてきた！」

助手席《じょしゅせき》のソラが前方を指さして、後部座席《ざせき》にすわっていたぼくとタクミとシンちゃんは、いっせいに身を乗りだした。

ゆるやかなくだり坂の先に、銀色に光る海が広がっている。

ぼくは声を出すのもわすれて、そのかがやきに目をうばわれた。

七節町《ななふしちょう》を出発してから、高速道路を走ること、約《やく》二時間。

高速をおりてからも、しばらく山道が続《つづ》いて、ようやくぬけたと思ったら、いきなり海が目の前にあらわれたのだ。

「タクミ、この道、覚《おぼ》えてるか？」

運転席《うんてんせき》のお父さんに、声をかけられて、

「覚《おぼ》えてないなあ……」

タクミは首をひねった。

「ほんまにきたことあるん？」

「まあ、おまえはまだ小さかったからな」

お父さんは苦笑《くしょう》した。タクミがまだ小学校にあがる前に、一度、家族旅行にきたことがあるそうだ。

今日から宿泊《しゅくはく》する凌雲亭《りょううんてい》のご主人とは、大学の同級生で、二人は当時、民俗学《みんぞくがく》を学んでいたらしい。

「どんな勉強をしてたんですか？」

ぼくがたずねると、タクミのお父さんは昔をなつかしむように話しだした。

「地方の民話《みんわ》とかいいつたえなんかを集めて、研究してたんやけどね……」

そのご主人は、海辺《うみべ》の町につたわる話を調べるために浜風町《はまかぜちょう》をおとずれて、凌雲亭《りょううんてい》の娘《むすめ》さんと知りあい、その後、結婚《けっこん》してあとをついだのだそうだ。

「すごい。運命の出あいですね」

ソラが感動の声をあげた。

「いいつたえって、どんな話があるんですか？」

シンちゃんが聞く。

「そうやなあ」

タクミのお父さんは、わずかに目を細めて、ゆっくりと話しはじめた。

「当時聞いた中で、印象《いんしょう》に残《のこ》ってるのは、こんな話やったな……」

海《かい》底《てい》の村

いまから何百年も昔の話。

おきあいで漁《りょう》をしていた船から、若《わか》い漁師《りょうし》が、荒《あ》れた海に投げだされてしまった。

仲間《なかま》が必死《ひっし》にさがしたがけっきょく見つからず、漁師《りょうし》の家族はなげきかなしんだ。

ところが、三年ほどたったある日のこと、海に落ちたはずの漁師《りょうし》が、浜辺《はまべ》をふらふらと歩いているところを、村の者が見つけた。

連絡《れんらく》を受けた家族は、すぐにかけつけると、家に連《つ》れかえった。

「いままでどこにいたんだい」

母親がたずねると、

「海の底《そこ》の村にいた」

漁師《りょうし》は答えた。

「そんなばかなことがあるか」

母親は目を丸くした。

「海の底《そこ》に、村なんかあるわけなかろう」

「いや、本当だ。これを見てくれ」

漁師《りょうし》はふところから、女物の手鏡《てかがみ》を取りだした。

それは、背面《はいめん》が貝がらで加工《かこう》された、村のだれも見たことがないような、美しい手鏡《てかがみ》だった。

三年前、激《はげ》しく波打つ海に放りだされた漁師《りょうし》は、なんとか船にあがろうとしたけれど、もがけばもがくほど深くしずんでいった。

息が苦しくなり、意識《いしき》もうすれて、もうだめだと思ったが、目を覚《さ》ますと、温かい布団《ふとん》にねかされている。

そこは十じょうほどのりっぱな部屋で、

「だれかいませんか」

と、声をあげると、すぐに若《わか》い娘《むすめ》さんがやってきて、ホッとした顔で、

「気がつかれましたか」

といった。

差《さ》しだされた湯のみの白湯《さゆ》を飲んで、

「ここはどこですか？」

とたずねると、娘《むすめ》さんは、海の底《そこ》の村だと答えた。

潮《しお》に流されて、どこかの岸に打ちあげられたのだと思っていた漁師《りょうし》は、それを聞いておどろいた。

「ごじょうだんを。海の底《そこ》に、村などないでしょう」

「それでは、ご覧《らん》になりますか？」

娘《むすめ》さんのあとについて、庭に出た漁師《りょうし》は、目の前の光景《こうけい》にあぜんとした。

頭上には青い空ではなく、青い海が広がって、魚が泳いでいる。

そして、家のまわりには、地上と変《か》わらないのどかな村の風景《ふうけい》があった。

どうやら、この家を中心として、大きなおわんをひっくりかえした形の、空気の部屋があるようだ。

家の中にもどると、漁師《りょうし》は娘《むすめ》さんから説明《せつめい》を受けた。

はるか昔のこと。

たくさんの人が乗った大きな船が難破《なんぱ》して、海にしずんだ人たちがぐうぜんたどりついたのが、この場所だった。

はじめはなにもない荒《あ》れ地だったが、なぜか空気だけはあったので、魚や海そうを食べてなんとか生きのびることができた。

どうやら、おわんの中心にあるどうくつを通じて空気がはいってきているようなのだが、どういう仕組みなのかはわからない。

幸い、船に乗っていたのは、作物の育たないやせた土地に見切りをつけ、移住《いじゅう》先を求《もと》めて旅立った一団《いちだん》だったため、老若男女《ろうにゃくなんにょ》がそろっていた。

みんなで力を合わせて暮《く》らしているうちに、できたのがこの村なのだ。

ちなみに、どうくつを通って陸地《りくち》と行き来することは可能《かのう》だが、村ではどうくつを神聖《しんせい》なものとみなしていて、村の長《おさ》以外《いがい》の者が通ることは禁《きん》じられていた。

長《おさ》はときおり地上に出て、海の底《そこ》にあるめずらしい貝や魚を売った金で、買いものをしてくるらしい。

ほかの住民《じゅうみん》にも会ったが、みんな、陽ざしが弱いせいで色が白い以外《いがい》、陸《りく》の民《たみ》と変《か》わりなかった。

漁師《りょうし》は元気になると、お世話になっているお礼に、力仕事を手伝《てつだ》ったり、村人たち

に陸地《りくち》の話をして過《す》ごした。

人々《ひとびと》はやさしく、食べものもおいしい。

娘《むすめ》さんは漁師《りょうし》にいった。

「一度陸《りく》に帰ったら、あなたは二度とこの村にくることはできません。よかったら、このままここで、わたしたちと暮《く》らしませんか」

しかし、漁師《りょうし》は迷《まよ》った末《すえ》、家族が待っているから陸《りく》にもどるとこたえた。

「それは残念《ざんねん》なことですが、これ以上《いじょう》引きとめるわけにもいかないでしょう。せめてこれをお持ちください」

娘《むすめ》さんはそういうと、大事にしていた手鏡《てかがみ》をくれた。

そして、村人たちに別《わか》れを告《つ》げた漁師《りょうし》は、陸地《りくち》まで長《おさ》に連《つ》れてきてもらったのだ。

ただ、漁師《りょうし》は海の底《そこ》でほんの数日しか過《す》ごさなかったのに、地上では三年の月日がたっていた。

大変不思議《たいへんふしぎ》なことだが、海の底《そこ》ではときの流れかたがちがうのだろうと納得《なっとく》し、家族や仲間《なかま》たちは、漁師《りょうし》が帰ってきたことをよろこんだ。

それからしばらくして、漁師《りょうし》のとなりの家の男が、とつぜんいなくなった。

漁師《りょうし》の話を聞いて、娘《むすめ》さんの美しさや料理《りょうり》のおいしさを、ずいぶんうらやましがっていたから、海の底《そこ》の村をさがしにいったのではないかとうわさされたが、何年たっても音さたがない。

やがて、どこかべつの土地にいったか、海でおぼれて亡《な》くなったのだろうと、みんなわすれてしまった。

さらに長い年月が流れた、ある日のこと。

ひとりの男が、小さな木箱を手に、ぼんやりとした様子で海岸を歩いていた。

「おい、あんた。見ない顔だが、どこのもんだ？」

通りがかりの老人《ろうじん》が声をかけると、

「おれは――だ」

男は、ある名前を口にした。

老人《ろうじん》は、その名前に覚《おぼ》えがあった。

はるか昔にゆくえ知れずになった、ひいばあさんの一番上の兄が、たしかそんな名前だったのだ。

もっとも、生きていたとしても、もう百歳以上《さいいじょう》になっているはず。

目の前にいる男は、どう見ても二十歳《はたち》そこそこの若者《わかもの》だ。

老人《ろうじん》がそのことを告《つ》げると、

「そんな……」

男はその場にひざをついた。

そして、ぽつりぽつりと話しはじめた。

となりに住む漁師《りょうし》の話を聞いて、海の底《そこ》の村にいきたくなった男は、漁師《りょうし》が落ちたあたりまで船を出すと、思いきって飛《と》びこんだ。

すると、運よく村にたどりつくことができた。

そこは話のとおり、本当に居心地《いごこち》がいい場所で、村人たちはやさしく、娘《むすめ》さんは美しく、料理《りょうり》もおいしくて、気がつくと男は何ヶ月もの間、その村で過《す》ごしていた。

しかし、さすがに元の家が恋《こい》しくなってきたので、お別《わか》れに木箱を受けとり、地上に連《つ》れてきてもらったのだ。

男は、自分が出発してから百年近くたっていることや、家族や知りあいが、みんな亡《な》くなっていることを知ると、ぼろぼろとなみだを流しながら、そのますがたを消した。

「男が立ちさったあとには、砂《すな》の上に木箱だけが残《のこ》されていたということや」

タクミのお父さんは、そんなふうに話をしめくくった。

車は海沿《うみぞ》いの道を走り、右側《みぎがわ》にはどこまでも続《つづ》く海が、左側《ひだりがわ》には民宿《みんしゅく》や食堂《しょくどう》がならんでいる。

「その木箱の中身は、なんだったんですか？」

ソラが聞くと、

「うす紅色《べにいろ》をした小さな貝がらが、ひとつだけはいってたそうや」

と答えた。

「浦島太郎《うらしまたろう》みたいですね」

ぼくは感じたことをすなおに口にした。

海の中で何日か過《す》ごしたら、地上では何年もたっていたとか、陸《りく》にもどるときにおみやげをわたされたとか、似《に》ている部分が多いなと思ったのだ。

「あいつも、もしかしたら全国の海辺《うみべ》の町に、おんなじような話が残《のこ》ってるのかもしれんってゆってたな」

タクミのお父さんはほほえむと、

「お、やっと到着《とうちゃく》や」

ふう、と息をはきだして、車のスピードを落とした。


「いらっしゃい」

凌雲亭《りょううんてい》に到着《とうちゃく》したぼくたちを、ご主人のクニオさんと、おくさんのアヤコさんがげんかんの前で出むかえてくれた。

クニオさんはやさしそうな人で、アヤコさんもやわらかなふんいきの、すごくきれいな人だった。

太陽はまだ高いけど、夕方が近づいて陽ざしはずいぶんやわらいでいる。

「よろしくお願《ねが》いします！」

ぼくたちがそろって頭をさげると、

「お客さんはきみたちだけだから、えんりょなく楽しんでね」

クニオさんはそういって、めがねのおくの目を細めた。

ぼくたちはまず、荷物を部屋に運びこんだ。

男子三人は大部屋で、ソラと、タクミ

のお父さんは、それぞれ小さな個室《こしつ》だ。

荷物の整理が終わると、ソラがぼくたちの部屋に遊びにきた。

「これからどうする？」

ソラにいわれて、かべの時計を見ると、もうすぐ四時だ。

泳ぎにいくには、ちょっとおそい。

「それじゃあ、近くを探検《たんけん》しようぜ」

タクミの提案《ていあん》に、ぼくたちは賛成《さんせい》した。

自由絵画を選択《せんたく》する予定のタクミは、このあたりで景色《けしき》のいい場所をさがしたいらしい。

タクミのお父さんは、一階の食堂《しょくどう》でクニオさんとコーヒーを飲んでくつろいでいたので、

「ちょっと、散歩《さんぽ》にいってきます」

と声をかけてから宿を出た。

宿の前を通る道の反対側《がわ》が、すぐに海になっていたので、ぼくたちは道路をわたると、海をながめながら道ぞいに歩いた。

このあたりは砂浜《すなはま》よりも岩場が多くて、海水浴《かいすいよく》には向かなそうだ。

歩きながら、ぼくたちは自由課題《かだい》について話した。

ソラは怪談《かいだん》を集めて文章にまとめる。タクミは海の絵をかく。

そしてシンちゃんは、いま読んでいる本がおもしろいから、感想文をかくのだそうだ。

まだなにも決まっていないのは、ぼくだけだった。

夏休みははじまったばかりだけど、ちょっとあせってくる。

どうしようかな、と思いながらのぼり坂を歩いていると、小さな展望台《てんぼうだい》のような場所に出た。

車が二、三台とめられるだけのスペースと、ベンチがあって、こしぐらいの高さがある木のさくの向こうには、水平線が見える。

「きれいやなあ……」

タクミが手でひさしをつくって、遠くを見つめながら、ためいきのような声をもらした。

たしかにすごくきれいな景色《けしき》だけど、それだけに、絵でかくのはむずかしそうだな、と思っていると、がけの下からぶわっと風がふきあがってきた。

「きゃっ」

ソラがかぶっていた、つばの広い帽子《ぼうし》が飛《と》ばされて、そのままひらひらと、さくをこえていく。

ぼくがとっさに、木のさくを左手でつかんで、身を乗りだしたとき、

「あぶない！」

どこからか、するどい声が飛《と》んできた。

「え？」

帽子《ぼうし》を右手でキャッチして、ふりかえろうとしたぼくの体が、大きくかたむく。

左手のさくが、地面からぬけかけていたのだ。

「わっ！　わわわっ！」

「リク!」

さくといっしょに、がけから落ちそうになるぼくを、タクミが後ろからかかえるようにして引っぱった。

そのままもつれあいながら、地面の上にたおれる。

「リク! タクミ!」

ソラがあわててかけよってきた。

「あっぶね〜」

ぼくは砂《すな》をはらって立ちあがると、

「はい」

といって、帽子《ぼうし》をわたした。

「ありがと。だいじょうぶ?」

ソラは受けとった帽子《ぼうし》を頭にはのせず、風から守るように、両手でぎゅっとにぎりしめた。

「うん、タクミが助けてくれたから」

ぼくはタクミの手をつかんで引きおこした。

「ありがと。助かったよ」

「おれよりも、あいつのおかげやな」

タクミは立ちあがってふりかえった。視線《しせん》の先には、ぼくたちと同い年くらいの男の子と、低学年《ていがくねん》くらいの女の子が立っている。

「だいじょうぶか?」

男の子が近づいてきて、ぼくたちに声をかけた。

「そのさく、前からゆるんでて、気になってたんだ」

「ありがとう。声をかけてくれなかっ

たら、ほんとにあぶなかったよ」

ぼくが頭をさげると、男の子は照《て》れたように笑《わら》って、

「見ない顔だけど、旅行か?」

と聞いた。

「うん」

ぼくたちが自己紹介《じこしょうかい》をすると、二人も名乗った。男の子は海人《かいと》、女の子は千波《ちなみ》の兄妹で、近くに住んでいるらしい。

ソラがさっそく取材《しゅざい》をこころみる。

「地元の人だったら、この町に伝《つた》わってるこわい話とか知らないかな?」

「こわい話?」

海人《かいと》はちょっと意表をつかれた顔をしたけど、少し考えてから、

「だったら、『舟幽霊《ふなゆうれい》』の話かな。こんな話なんだけど……」

そう前置《まえお》きをして、話しだした。

舟《ふな》幽《ゆう》霊《れい》

浜風町《はまかぜちょう》では、古くから、海にきりがかかった日は舟幽霊《ふなゆうれい》が出るので、船を出してはいけないといういいつたえがあった。

ところが、まだ若《わか》い漁師《りょうし》が、

「そんなのは迷信《めいしん》だ」

と、ひとりで漁《りょう》に出てしまった。

たくさんの魚をとって、岸に帰ろうとした漁師《りょうし》だったが、いつのまにか深くなったきりのせいで方角がわからない。

とほうに暮《く》れていると、どこからか、

「ひしゃくをくれ〜、ひしゃくをくれ〜」

ひびわれた低《ひく》い声が聞こえてきた。

漁師《りょうし》はおどろいて、まわりを見まわしたが、白いきりと波の音だけで、だれかがいる気配はない。

漁師《りょうし》が動けずにいる間にも、声はどんどん増《ふ》えていって、ついにはうらめしそうな声が、何十、何百と、きりの海にひびきわたった。

「ひしゃくをくれ〜、ひしゃくをくれ〜」

漁師《りょうし》はおそろしくて、船の上でぶるぶるとふるえていたが、ついにたえきれなくなったのか、

「ほれ、ひしゃくだ」

といって、船に積《つ》んであった、水をくむひしゃくを、ぽいと海に投げいれた。

ひしゃくはしばらく、ゆらゆらと波間にゆられていたが、やがて、ちゃぷんと音をたてて海にすいこまれた。

すると、つぎのしゅんかん、

ザバッ！　ザバッ、ザバッ！


何十本、何百本という細長くて白いうでが、海面から飛《と》びだしてきた。

しかも、その手には残《のこ》らず、さっき漁師《りょうし》が投げいれたひしゃくがにぎられている。

白い手たちは、そのひしゃくで海の水をくむと、船に注ぎだした。

ひとつひとつは小さなひしゃくだが、何百本というひしゃくが、同時に水をくみだしたものだから、みるみるうちに船の中に水がたまっていく。

「うわ〜、やめてくれ〜」

漁師《りょうし》はなんとか水をかきだそうとしたが、多勢《たぜい》に無勢《ぶぜい》、船は水でいっぱいになってしずみはじめた。

漁師《りょうし》も海に放りだされたが、必死《ひっし》の思いで泳ぎつづけて、なんとか岸にたどりつくことができた。

しかし、大事な船を失《うしな》って、漁師《りょうし》も長い間、ねこむことになった。

この話が広まると、きりの日に船を出す者は、いっそういなくなった。

ところが、しばらくたったある日のこと。

ひとりの若者《わかもの》が、漁《りょう》から帰るとちゅうに、きりにまかれてしまった。

はやく岸にもどろうとするが、あせればあせるほど、方角がわからなくなる。

そして、とうとう、

「ひしゃくをくれ〜」

という声が聞こえはじめた。

声はだんだん大きく、多くなっていく。

いけないとわかっているのに、まるでさいみん術《じゅつ》でもかけられたみたいに、ひしゃくをわたしたくなってしまう。

がまんできなくなった若者《わかもの》は、海に出る前に、

「もし万が一、舟幽霊《ふなゆうれい》に出あってしまったら、これをわたせ」

と、じいさんにもらったひしゃくを、海に投げこんだ。

とぷん、とひしゃくがしずんだかと思うと、数えきれないほどの白い手が、ひしゃくを手に飛《と》びだしてくる。

そして、水を船に注ぎこもうとするが、どういうわけか、いつまでたっても船はしずまない。

よく見ると、そのひしゃくは底《そこ》がぬけていたのだ。

これでは、何百回水をくんでも、水はたまらない。

「――じいさんがくれたひしゃくのおかげで、若者《わかもの》は無事《ぶじ》に帰ることができたってわけだ」

海人《かいと》はそういって、話をおえた。

同い年くらいとは思えない落ちついた話しかただったので、すごく聞きやすかった。

「それじゃあ、底《そこ》のぬけたひしゃくを持っていけば、舟幽霊《ふなゆうれい》にあっても問題ないってことだな」

タクミがはしゃいだ声でいうと、

「そうとはかぎらないぞ」

海人《かいと》はたしなめるようにいって、にやりと笑《わら》った。

「じつは、この話にはまだ続《つづ》きがあるんだ――」

若者《わかもの》が無事《ぶじ》に帰ってきてからというもの、町では漁《りょう》にでるときに、底《そこ》のぬけたひしゃくをお守りがわりに持っていくようになった。

だからといって、きりの日にわざわざ漁《りょう》に出る者はいなかったのだが、あるひとりの男が調子にのって、

「これさえあれば安心だ」

と、まわりがとめるのも聞かずに、きりの日に船を出した。

こいきりの中、男は船をとめると、

「おーい、舟幽霊《ふなゆうれい》。ひしゃくはいらねえか～」

と呼《よ》びかけた。

すると、その声に答えるように、海のあちこちから、

「ひしゃくをくれ～。ひしゃくをくれ～」

と声が聞こえた。

「ほーら、これでもくれてやる」

男はからかうように、底《そこ》のぬけたひしゃくを放りなげた。

そして、

「できるものなら、そのひしゃくで、船をしずめてみろ」

といった。

すると、何百本という白い手が、いっせいに、ザバーンッ、とあらわれた。

どの手にも、さっきのひしゃくがにぎられている。

男がへらへらと笑《わら》っていると、舟幽霊《ふなゆうれい》たちは底《そこ》のぬけたひしゃくをぐぐっと近づけ

て、男の頭をぽかぽかとなぐりだした。

「痛《いた》い痛《いた》い痛《いた》い痛《いた》い！」

男は悲鳴をあげながら、頭をかかえて小さくなった。

しかし、白い手は男のかたといい、うでといい、背中《せなか》といい、あちらこちらをなぐりつける。

これでは、いくら底《そこ》がぬけていても、たまったものではない。

男はすぐに船を動かしてにげだした。そして、二度と舟幽霊《ふなゆうれい》をばかにするようなことはなかったそうだ。


「まあ、幽霊《ゆうれい》をからかっちゃいけねえってことだな」

海人《かいと》によると、近くにある浜風《はまかぜ》神社では、ひしゃくの形をしたお守りが売られているらしい。

神社まで案内《あんない》してもらうことになったんだけど、

「これ、このままほっといたらあぶないよな」

シンちゃんが、グラグラするさくをつかんでいった。

たしかに、だれかがやってきて、知らずに近づいたら、またさっきのようなことが起こるかもしれない。

「あ、いいこと考えた」

タクミは課題《かだい》のために持ってきたスケッチブックを一枚《まい》やぶって、えんぴつで大きく、

〈キケン！　近づくな！〉


とかいた。

そして、その紙をさくの下にしいて、重しの石をのせた。

「よし！　これでしばらくだれも近づかんやろ」

タクミが手をはたいて立ちあがると、ぼくたちは神社をめざして出発した。

歩きだしたとたんに、ソラが海人《かいと》に、

「ほかに、なにかこわい話はない？」

とたずねる。

「なんでそんなに聞きたがるんだ？」

半ばあきれたような海人《かいと》の質問《しつもん》に、

「宿題で集めてるの」

ソラは小さくかたをすくめた。

「それじゃあ、ソラさんもいろんな話を知ってるの？」

千波《ちなみ》ちゃんが目をかがやかせながら、

「なにか話してくれない？」

といった。

ソラはちょっとびっくりしたように目を丸くすると、すぐに笑顔《えがお》になって、

「それじゃあ、海の話をしてもらったから、山の話をしようかな」

と前置《まえお》きをしてから語りはじめた。

「これは、大学生のM《エム》さんという女の人が体験《たいけん》した話なんだけどね……」

友だち

よく晴れた秋の日のこと。

M《エム》さんは、大学の友だちといっしょに、山登りに出かけました。

山頂《さんちょう》からのきれいな景色《けしき》を楽しんで、予定通りに下山をはじめたのですが、とちゅうで方向をまちがえたのか、道に迷《まよ》ってしまいます。

電波がとどかないため、電話もネットもつながりません。

やがて、あたりは真っ暗になり、昼間はすずしくて気持ちよかった気温も、一気にさがってきました。

M《エム》さんたちが心細い気持ちで歩いていると、森の中に一けんのぼろぼろの小屋があらわれました。

ためしにドアに手をかけると、ギー、と音をたてて、かんたんに開きます。

人が暮《く》らしていた家ではなく、農機具《のうきぐ》を置《お》く小屋として使われていたのでしょう。部屋のすみには、さびたくわやスコップが転がっていました。

だれのものかわからない小屋に勝手にはいるのは、本当はよくないのですが、もう使われなくなってずいぶんたつみたいですし、非常事態《ひじょうじたい》ということもあって、M《エム》さんたちは、その小屋で一夜を明かすことにしました。

山頂《さんちょう》で使ったレジャーシートを、板間にしいてこしをおろすと、ホッとして、一気につかれが出てきます。

小屋の中は、だんぼうこそありませんでしたが、かべと屋根があるだけでも、ずいぶん暖《あたた》かいものです。

M《エム》さんと友だちが、持ってきたおだんごの残《のこ》りなどを食べていると、

ドン！

だれかがドアをたたく音がしました。

M《エム》さんたちは、びっくりして飛《と》びあがりましたが、同じように道に迷《まよ》った人がやってきたのかもと思い、そっとドアを開けました。

だけど、小屋の外には暗い森が広がっているばかりで、人はおろか生きもののかげもありません。

風でなにかが飛《と》んできたにしては、はっきりとした音だったので、おかしいなと思いながらもドアを閉《し》めると、しばらくして、また、ドン、と音がしました。

今度はすぐにドアを開けましたが、やっぱりだれもいません。

M《エム》さんは、これはもしかしたら、生きている人間ではないのかもしれないと思いました。

そこで、ドアを閉《し》めて、

「いまから質問《しつもん》しますから、答えが『はい』なら一回、『いいえ』なら二回、ドアをたたいてください」

と呼《よ》びかけました。

「わかりましたか？」

M《エム》さんが聞くと、さっきよりも小さな音で、ドアがドン、と鳴りました。

「それじゃあ、質問《しつもん》します。あなたは、生きている人間ですか？」

M《エム》さんがたずねると、

「ドン、ドン」

ドアが二回鳴ります。やっぱり、生きている人間ではないようです。

「あなたは、幽霊《ゆうれい》ですか？」

「ドン」

今度は一回鳴って、M《エム》さんは友だちと顔を見あわせました。

正直、こわい気持ちもありましたが、質問《しつもん》にすなおに答えてくれているので、幽霊《ゆうれい》だとしても、悪い幽霊《ゆうれい》ではないのかもしれません。

それからM《エム》さんと友だちは、質問《しつもん》を重ねていきました。

「あなたは大人ですか？」

「ドン、ドン」

「それでは、子どもですか？」

「ドン」

どうやら、ドアをたたいているのは、子どもの幽霊《ゆうれい》のようです。

「どうしてノックしたんですか?」

「……」

『はい』か『いいえ』しか答えられないので、この質問《しつもん》に返事はありません。

M《エム》さんは、質問《しつもん》を変《か》えることにしました。

「それじゃあ、えっと……あなたは、このあたりに住んでいるのですか?」

「ドン」

「わたしたちが気になって、見にきたんですか?」

「ドン」

「だれもいない山の中で、さびしかったんですか?」

「ドン、ドン」

M《エム》さんたちは、また顔を見あわせました。

こんな山の中で、さびしくないというのは、どういうことなのでしょうか。

M《エム》さんは、少し考えてから質問《しつもん》しました。

「あなたはひとりじゃないんですか？」

「ドン」

返事は一回。『はい』です。

「それじゃあ、二人ですか？」

「ドン、ドン」

ちがいます。

「三人？」

「ドン、ドン」

「えっと……」

M《エム》さんは、首をかしげながら聞きました。

「お友だちが、たくさんいるのかな？」

「ドン」

「じゃあ、何人いるの？　お友だちの数だけ、たたいてくれる？」

M《エム》さんがそういうと、

「ドン……ドン、ドン、ドン、ドン、ドン……」

ドアは何度もたたかれました。

しかも、はじめはひかえめだったノックの音が、だんだん激《はげ》しくなっていきます。

「ドン！　ドン、ドン！　ドン、ドン、ドン！　ドン、ドン、ドン、ドン、ドン、ドン、ドン、ドン、ドン、ドン、ドン、ドン、ドン、ドン、ドン……！」

ついには大勢《おおぜい》の人が、ドアをこわすようないきおいでたたきだしました。

おそろしくなったM《エム》さんと友だちは、ふるえながらだきあって、音がやむのを待ちました。

やがて、音がやんでからも、二人はそのまま身を寄《よ》せあい、ねむることもできずに一夜を過《す》ごしました。

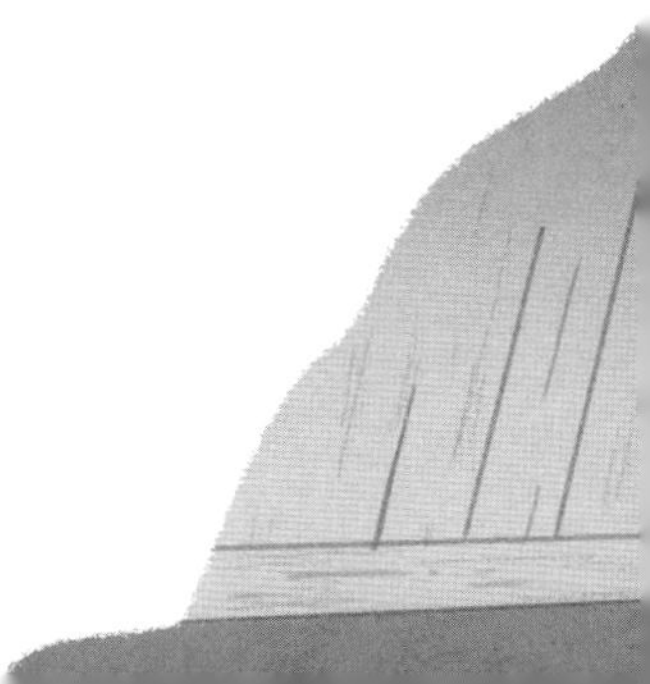

夜が明けると、二人はすぐに小屋を出ました。

さいわい、少し歩いたところで道が見つかったので、そのまま山をおりると、近くの食堂《しょくどう》にはいって朝ごはんを食べました。

そのつかれきったふんいきに、

「なにかあったのかい?」

心配した食堂《しょくどう》のご主人が声をかけてくれたので、二人が事情《じじょう》を話すと、

「そうか……あの小屋にとまったのか」

ご主人は深くうなずき、小屋のあたりには昔は小さな集落があって、お墓《はか》もあったのだと教えてくれました。

「きっと、ひさしぶりに生きてる人間がきたもんだから、うれしくて、みんな出てきたんだろうな」

そういってほほえむご主人の顔を見て、M《エム》さんと友だちは、おりてきた山の方に手を合わせたそうです。

ソラの話が終わって、ぼくは千波《ちなみ》ちゃんの顔を見た。

けっこうゾッとする話だったから、こわがりすぎてないかな、と思っていると、

「友だちがたくさんいるから、さびしくないんだね」

千波《ちなみ》ちゃんは、そういって笑《わら》った。

「ほんとだね」

ソラがふふっと目を細めたとき、パトカーと救急車《きゅうきゅうしゃ》がサイレンを鳴らしながら、ぼくたちを追いこしていった。

「事故《じこ》かな」

ぼくがつぶやくと、

「最近《さいきん》、多いんだよ」

海人《かいと》が顔をしかめた。

それも、海の事故《じこ》がよく起こっているらしい。

「もしかして、舟幽霊《ふなゆうれい》？」

ソラが首をかしげた。

「まさか」

海人《かいと》は笑《わら》ってこたえた。

「たぶん、あそこの客じゃないかな」

そういって、海をぐるりとまわりこんだところに建《た》っている、大きなリゾートホテルを指さす。

「そういえば、父ちゃんが、近くにおっきなホテルができたってゆってたな」

タクミがいった。

「ホテルの中にプールがあるし、海には専用《せんよう》のビーチもあって、アクティビティもいろいろできるんやって」

アクティビティというのは、ダイビングやシュノーケリングみたいな、体験型《たいけんがた》のレジャーのことだ。

そのホテルの近くで、水上バイクや小さな船の事故《じこ》が多いのだと、海人《かいと》はつけくわえた。

そんな話をしているうちに、前方に石造《いしづく》りの鳥居《とりい》が見えてきた。

鳥居《とりい》をくぐって、長い石段《いしだん》をのぼり、神社の境内《けいだい》にたどりつく。

神社は思ったよりも大きくて、地元の七節町《ななふしちょう》にある七節《ななふし》神社——通称《つうしょう》七不思議《ななふしぎ》神社の倍くらいあった。

高台にあるせいか、さっきの展望台《てんぼうだい》よりも見晴らしがいい。

「ちょっと、神主《かんぬし》さんに、さくのことを教えてくる」

海人《かいと》が千波《ちなみ》ちゃんといっしょに境内《けいだい》のおくにすがたを消したので、その間、ぼくたちは社務所《しゃむしょ》でお守りやお札《ふだ》を見ることにした。

健康《けんこう》や金運のお守りにまじって、たしかに底《そこ》のぬけたひしゃく型《がた》のお守りが売られている。

やくよけと、なぜか学業成就《じょうじゅ》に効果《こうか》があるらしい。

せっかくなので、旅の記念《きねん》に、ぼくたちはおそろいでお守りを買った。

ちなみにお守りだけではなく、ふつうの大きさのひしゃくも売っていて、こちらは商売繁盛《はんじょう》の文字がはいっている。

食堂《しょくどう》をやっている父さんに買っていこうかな、と考えていると、海人《かいと》たちがもどってきた。

ここの神主《かんぬし》さんは、地元の世話役も務《つと》めているので、あとのことはまかせておいていいらしい。

社務所《しゃむしょ》のそばの自動販売機《じどうはんばいき》で、案内《あんない》してくれたお礼に、二人の分のサイダーも買って、みんなで木かげで休けいする。

海人《かいと》と千波《ちなみ》ちゃんは、展望台《てんぼうだい》の方を散歩《さんぽ》していて、たまたまぼくたちを見つけたのだそうだ。

「どこにとまってるんだ?」

サイダーを飲みながら、海人《かいと》が聞いた。

「凌雲亭《りょううんてい》だよ」

ぼくが答えると、

「ああ、あそこか。あそこはいい宿だな」

海人《かいと》は、ちょっとお年寄《としよ》りのような口調でいった。

「いつまでいるんだ」

今日から三泊四日《さんぱくよっか》だというと、海人《かいと》は、もしよかったら、また会わないかとさそってきた。

「いいよ」

海人《かいと》も千波《ちなみ》ちゃんも携帯《けいたい》を持っていないので、明日のもう少しはやい時間に、ここで待ちあわせることにして、ぼくたちは神社の前で別《わか》れた。

空が明るいので気づかなかったけど、宿に着くと、もう晩《ばん》ごはんの時間だった。すぐに手を洗《あら》って、食堂《しょくどう》にいく。

食堂《しょくどう》は一階の外に面したテーブル席《せき》で、大きな窓《まど》の向こうには、しずみかけの太陽の光を反射《はんしゃ》してかがやく海が広がっていた。

「今日はおつかれさま。おなかすいたでしょ。いっぱい食べてね」

アヤコさんが、ぼくたちの前につぎつぎとごちそうをならべてくれる。

大きな煮魚《にざかな》に、山盛《やまも》りのおさしみ、えびの天ぷら、貝のおみそ汁《しる》……。

「こんなに、いいんですか？」

ごうかな食事を前にして、タクミのお父さんが心配そうにいった。

キャンセルのかわりということで、宿代をかなり安くしてもらっているので、赤字にならないか、気になったのだろう。

「いいんだよ」

おくで料理《りょうり》をつくっていたクニオさんが、顔を出して笑《わら》った。

「こっちも商売だから、採算《さいさん》がとれないようなものは出してない。それよりも、あまる方がもったいないから、気にせずどんどん食べてくれ」

「それじゃあ、えんりょなくいただこうか」

タクミのお父さんは、ぼくたちの顔を見まわすと、ぱちんと手を合わせて、元気よくいった。

「いただきます!」

「いただきまーす!」

ぼくたちも声をそろえて、さっそく食べはじめた。

「おいしい!」

煮魚《にざかな》をひと口食べたソラが、目を真ん丸にする。

「よかった」

アヤコさんがうれしそうにほほえんだ。

「ごはんとおみそ汁《しる》はおかわりもあるから、いっぱい食べてね」

料理《りょうり》はどれも、本当においしかった。

それに、夕陽をながめながら、みんなといっしょに食べるご飯《はん》は、なんだかすごくぜいたくな感じがした。

やがて、水平線の向こうに太陽がすがたを消すと、海と空は、あわいこん色とくすんだあかね色が混《ま》ざりあったような不思議《ふしぎ》な色にそまった。

耳をすませると、波の音が絶《た》え間なく聞こえる。

昼間の明るい海とはちがって、じっと見ているとすいこまれそうな、げんそう的《てき》なふんいきだった。

おなかいっぱいになったぼくが、ほおづえをついて、ぼんやりと外をながめていると、民宿の前の道を、大学生くらいのグループが通りすぎていった。

「どこにいくんだろ」

同じく外をながめていたソラがつぶやく。

「きもだめしとか」

三ばい目のごはんを食べおえてふくらんだおなかをさすりながら、タクミがいった。

「きもだめしって、どこでやるの?」

ソラの疑問《ぎもん》に、

「そういえば、とちゅうにお寺がなかったか？」

シンちゃんが答える。

たしかに、神社から宿に帰るちょうど真ん中あたりで、お寺らしき建物《たてもの》を見かけたような気がする。

海のそばで、波の音を聞きながらするきもだめしって、けっこうこわそうだな、と思っていると、

「たしかにお寺もお墓《はか》もあるけど……」

クニオさんが、デザートのシャーベットを配りながらいった。

「きもだめしはできないよ。禁止《きんし》になったからね」

「なにかあったのか？」

ビールで顔を赤くしたタクミのお父さんが、クニオさんにいすをすすめながら聞いた。

クニオさんは、「失礼《しつれい》するよ」と断《ことわ》ってから、こしをおろすと、

「これは、うちの話じゃないんだけど」

と、話を切りだした。

「何年か前に、こんなことがあったそうなんだ——」

帰さない

数年前の、夏の終わりのこと。

浜《はま》風《かぜ》町《ちょう》のとある民宿《みんしゅく》に、男女五人の大学生のグループがとまっていた。

最《さい》終《しゅう》日《び》の夜。

ひとつの部屋に集まって、おしゃべりを楽しんでいると、G《ジー》太《た》という男子学生が、

「なあ、みんな。いまからきもだめしにいかないか」

といいだした。

夕方、宿の近くを散歩《さんぽ》していたら、大きな墓地《ぼち》を見つけたらしい。

「えー、お墓《はか》?」

C子《シーこ》が顔をしかめた。

「そんなところ、勝手にはいったらおこられるよ」

「だいじょうぶだって」

「でも……」

「じゃあ、こうしよう」

G太《ジーた》によると、墓地《ぼち》の裏《うら》にある森の前に、小さなお堂《どう》があって、お地蔵《じぞう》さまがまつられている。

「そこなら、お墓《はか》の横を通るだけだから、問題ないだろ?」

C子《シーこ》はそれでもしぶっていたけど、ほかのメンバーが乗り気になったので、けっきょくじゃんけんで負けた者から順番《じゅんばん》に、お堂《どう》にいくことになった。

「でも、ちゃんとお堂《どう》までいったって、どうやって証明《しょうめい》するんだ?」

グループの中のひとりがいった。

「それなら、ちょうどいいものがある」

G太《ジーた》はそういって部屋を出ると、すぐに金属《きんぞく》の棒《ぼう》のようなものを何本か持ってもどってきた。

それは、テントのはしを地面に固定《こてい》するための、長さ三十センチほどのペグとよばれる金属製《きんぞくせい》のくいだった。

今回の旅行は、G太《ジーた》の車に乗ってきたのだが、先週のキャンプから積《つ》んだままになっていたようだ。

「このくいを、お堂《どう》の横の地面につきさして、しょうこにしよう」

G太《ジーた》はみんなを見まわした。

くいはちょうど五本ある。

G太《ジーた》たちは宿を出ると、墓地《ぼち》に向かった。

ざざー、ざざーと波の音が聞こえてくる。

なんともいえない不気味《ぶきみ》なふんいきの中、じゃんけんに負けたのはC子《シーこ》だった。

「えー、わたしからなの？」

C《シー》子《こ》は泣《な》きそうになったけど、ここで自分の順番《じゅんばん》を待つのもこわい。最初《さいしょ》にいって、さっさと帰ってくる方が、ましかもしれない。

「ここをまっすぐいけば、三分くらいでお堂《どう》に着くから」

G《ジー》太《た》の説明《せつめい》を受けたC《シー》子《こ》は、

「それじゃあ、いってくるね」

みんなに見送られて出発した。

一本道なので、迷《まよ》うことはないし、なにかあったときのために、いちおう防犯《ぼうはん》ブザーは持っている。

スマホのライトを点《つ》けて、足元を照《て》らしながら歩いていると、やがてお堂《どう》が見えてきた。

ふりかえると、後ろに広がっているのは、真っ暗な道と月のない夜空だけだ。

遠くから、波の音が聞こえてくる。

C《シー》子《こ》の身長の半分くらいしかない小さなお堂《どう》の中には、赤い前かけをしたお地蔵《じぞう》さまが立っていた。
手を合わせようと、しゃがみこんだC子《シーこ》は、なにげなくお地蔵《じぞう》さまにライトを向けて、
「ひっ」
と、のどのおくで悲鳴をあげた。
お地蔵《じぞう》さまの頭が、大きく欠《か》けていたのだ。
C子《シーこ》は目をギュッと閉《と》じたまま、持ってきたくいを地面に思いきりつきたてた。
そして、いそいでみんなのところに帰ろうとしたとき、

グイッ

何者かが、C子《シーこ》のロングスカートを強く引っぱった。
C子《シーこ》は真っ青になった。おそろしくて、ふりかえることもできない。
目を閉《と》じたままにげようとするけど、その何者かは、スカートをはなさなかった。

「きゃーっ!」

C《シー》子《こ》はきょうふのあまり、悲鳴をあげて、その場で気を失《うしな》った。

一方、C子《シーこ》がなかなかもどってこないので、心配していたG太《ジーた》たちは、悲鳴を聞いて、みんなでお堂《どう》にかけつけた。

すると、お堂《どう》の前にC子《シーこ》がたおれていて、スカートのすその上から、金属《きんぞく》のくいががっちりと地面につきささっていた。


「だからC子《シーこ》はお堂《どう》の前をはなれることができなかったんだ」

クニオさんはそういって、かたをすくめた。

その後、気を失《うしな》ったC子《シーこ》のために救急車《きゅうきゅうしゃ》を呼《よ》んで大さわぎになったことで、墓地《ぼち》とお堂《どう》を管理《かんり》しているお寺にきもだめしのことがばれ、それ以来《いらい》、夜にお堂周辺《どうしゅうへん》に近づくとアラームが鳴るよう、警報装置《けいほうそうち》が設置《せっち》されたのだ。

「だから、きもだめしはちょっとおすすめできないかな」

と、クニオさんは話をしめくくった。

自分のスカートにくいを打って、それに気づかないなんて、ふつうなら考えられないけど、真っ暗な森できもだめしをしてあせっていたら、そんなこともあるのかもしれない。

窓《まど》の外では、ざざー、ざざーと波の音がしている。

こうして明るい食堂《しょくどう》でみんなと聞く波の音と、暗い墓地《ぼち》のそばを歩きながら、ひとりきりで聞く波の音。

同じ音でも、きっとぜんぜんちがって聞こえるのだろう。

「さっきは、どこを散歩《さんぽ》してきたの?」

クニオさんのとなりにこしをおろしながら、アヤコさんが質問《しつもん》した。

「展望台《てんぼうだい》にいったんですけど、大変《たいへん》やったんです」

シンちゃんが、さくがぐらついて、ぼくが落ちそうになった話をすると、

「本当かい」

クニオさんがあわててこしをうかせた。

「すぐに町役場に連絡《れんらく》しないと」

「あ、それはもうすんでると思います。浜風《はまかぜ》神社の神主《かんぬし》さんに伝《つた》えてますから」

シンちゃんがそういうと、クニオさんはすわりなおして、

「神社のこと、よく知ってたね」

と、意外そうにいった。

「地元の子が、連《つ》れていってくれたんです」

ぼくが横から答えた。

「この宿のことも知っていて、いい宿にとまってるなって、いわれました」

「それはうれしいね」

クニオさんは表情《ひょうじょう》をゆるめた。

「その子から舟幽霊《ふなゆうれい》の話を聞いて、神社でこれを買いました」

ソラがひしゃくのお守りを取りだして見せた。

「ああ、あの底《そこ》のぬけたひしゃくで、ポカポカされる話か……」

クニオさんのせりふに、

「なんだ、それ」

タクミのお父さんがまゆを寄《よ》せる。

クニオさんは、海人《かいと》が話してくれたのと同じ内容《ないよう》を、短くまとめてタクミのお父さんに話した。

「なるほど、それで底《そこ》のぬけたひしゃくか……」

タクミのお父さんは、感心したようにうなずいた。

「あの……」

ソラが、海の底《そこ》にある村と舟幽霊《ふなゆうれい》の話以外《いがい》に、この町にはどんな話が伝《つた》わってるのか教えてほしいというと、

「そうだなあ……」

クニオさんはうでを組んでうなった。

「いろんな話があるけど、どれがいいかな」

「人魚の話はどう?」

アヤコさんが、となりから声をかける。

「ああ、そうだね」

クニオさんは、アヤコさんににっこり笑《わら》いかけると、静《しず》かな口調で話しだした。

人《にん》魚《ぎょ》物《もの》語《がたり》

大学で各地《かくち》に伝《つた》わる昔話の研究をしていたクニオさんは、大学院にはいって一年目の夏、海にまつわるいいつたえがたくさんある浜風町《はまかぜちょう》に調査《ちょうさ》にやってきた。駅前の安いビジネスホテルにとまって、朝から晩《ばん》まで地元の人に知っている話を聞いてまわる。

その結果《けっか》、いろいろな話を集めることができた。中でも、一番有名だったのが、人魚の伝説《でんせつ》だった。

人魚に関《かん》するいいつたえは、浜風町《はまかぜちょう》にかぎらず、全国各地《かくち》に残《のこ》っている。よくあるのは、人魚のミイラがお寺に保管《ほかん》されているとか、人魚の肉を食べると不《ふ》老不死《ろうふし》になるというものだけれど、この町に伝《つた》わっているのは、こんな話だった。

江戸《えど》時代ごろの話。

ひとりの男がまきを集めて、山中にある自分の家に帰ろうとしていると、山道のとちゅうで、若《わか》い娘《むすめ》がうずくまって泣《な》いていた。

どうしたのかと声をかけると、海の方からきたのだが、道に迷《まよ》って帰れないという。

あたりは暗くなりはじめている。

放っておくわけにもいかなかったので、男は家に連《つ》れかえり、もうおそいので、今晩《こんばん》はとまっていきなさいといった。

ところが、夜中に男がふと目を覚《さ》ますと、娘《むすめ》がいない。

表に出ると、水浴《みずあ》び用の大きなたらいの方から、ぱしゃぱしゃと水音がする。

なにごとかとのぞいてみて、男は目を見開いた。

下半身が魚になった娘《むすめ》が、たらいの中で転がりまわっていたのだ。

「おまえは人魚だったのか」

男はおどろいて問いただしたが、娘《むすめ》は苦しそうな顔をするばかりで、答える元気もなさそうだ。

水が足りないのだと気づいた男は、まき用のかごに娘《むすめ》をいれると、それを背《せ》おって全速力で山をおりた。

そして、浜《はま》にたどりつくと、かごから娘《むすめ》を引っぱりだして、海に放りなげた。

とたんに元気になった娘《むすめ》は、りっぱな尾《お》びれで、ぱしゃんと海面をたたき、深々《ふかぶか》と頭をさげて、夜の海へと帰っていった。


数日後。

男がまき拾いから帰ってくると、先日の娘《むすめ》が家の前で待っていた。

手にはたくさんの魚をのせた、大きなざるを持っている。

男が娘《むすめ》を家にいれると、

「先日は、あぶないところを助けていただいて、ありがとうございました。これは、ほんのお礼です」

そういって、ざるを男に差《さ》しだした。

男はありがたく受けとって、人魚がどうして山道にいたのかとたずねた。

「おはずかしい話なのですが……」

娘《むすめ》によると、以前《いぜん》から陸《りく》の暮《く》らしに興味《きょうみ》があって、一度のぞきにいきたいと思っていたらしい。

人魚は不思議《ふしぎ》な力を持っていて、大人になると、短い時間なら尾《お》びれを足に変化《へんか》させて、人間のように歩くことができる。

成人《せいじん》した娘《むすめ》は、さっそくその力を使って陸《りく》にあがったのだが、うれしくなって歩きまわっているうちに、道に迷《まよ》ってしまい、そのうえつかれきって動けなくなっていたのだ。

「あのまま山にいたら、ひからびてしまうところでした」

娘《むすめ》はふたたび頭をさげた。

男が「今日はへいきなのか」と聞くと、

「あれから、人目をしのんで夜中の浜辺《はまべ》で練習をしたおかげで、ずいぶん上達《じょうたつ》しました」

娘《むすめ》はそういって笑《わら》った。

その日は、お礼を伝《つた》えただけで帰ったが、つぎの日も、そのまたつぎの日も、娘《むすめ》は男の元に通った。

そのうちに、変化《へんか》にもだんだんなれてきたのか、陸《りく》で過《す》ごせる時間が長くなっていった。

やがて、尾《お》びれと足を自由に変化《へんか》できるようになった娘《むすめ》は、男のところによめいりして、幸せに暮《く》らしたということだ。

地元の人からそんな話を聞いたクニオさんは、山の中で、男が住んでいたといわれている小屋を見つけた。

かなりぼろぼろで、とても人が住めるものではなかったけれど、いいつたえと同じ状態《じょうたい》で、ひと晩過《ばんす》ごしてみたいと思い、土間にねぶくろを持ちこんで、とまることにした。

海からずいぶんはなれているのに、かすかに波の音が聞こえる。

クニオさんが、その音を子守歌にうとうとしていると、ズザ……ズザザ……


かべの向こうから、足を引きずって歩くような音が聞こえてきた。

こんな時間に、山の中のくちはてた小屋をおとずれる人がいるとは思えない。

おそろしさもあったが、それよりも好奇心《こうきしん》が勝ったクニオさんが、戸を開けて外に出ると、そこにはかべによりかかるようにして、ひとりの女性《じょせい》がすわりこんでいた。

「だいじょうぶですか？」

クニオさんが声をかけると、女性《じょせい》は顔をあげた。

その顔を見て、クニオさんはハッと息を飲んだ。

いいつたえでは、人魚は絶世《ぜっせい》の美女といわれていたのだが、その女性《じょせい》は人魚ではないかと思われるくらい美しかったのだ。

夏とはいえ、夜の山は風が冷《つめ》たい。

クニオさんは、女性《じょせい》を中に招《まね》きいれて、話を聞いた。

女性《じょせい》は鳥の写真を夢中《むちゅう》でとっているうちに、道に迷《まよ》ってしまい、電話の充電《じゅうでん》も切れて困《こま》っていたところ、ここにたどりついたのです、と説明《せつめい》した。

そして、地元の人間なので、小屋の存在《そんざい》は知っていたけど、だれもいないはずの小屋に、人の気配がしたので、こわくてはいれなかったのだといった。

「それは悪いことをしましたね」

クニオさんは、自分が女性《じょせい》をこわがらせていたと知って、あやまった。

そして、自分のスマホを貸《か》して、家族に連絡《れんらく》をしてもらった。

やがて小屋までむかえにきた女性《じょせい》の父親を見て、クニオさんはおどろいた。

数日前に、この小屋の話を聞かせてくれた、民宿《みんしゅく》のご主人だったのだ。

クニオさんはここでひと晩過《ばんす》ごす予定だったので、とりあえず娘《むすめ》さんだけ連《つ》れかえってもらった。

別《わか》れぎわ、ご主人に、

「明日、山をおりたら、かならずうちに寄《よ》ってください」

といわれていたクニオさんが、翌朝《よくあさ》、民宿《みんしゅく》をたずねると、娘《むすめ》を助けてくれたお礼に宿代を無料《むりょう》にするから、ぜひとまってほしいとたのまれた。

クニオさんにとっても、駅前のホテルから通うより、海辺《うみべ》の民宿《みんしゅく》にとまって調査《ちょうさ》ができる方がありがたい。

けっきょく、クニオさんはそれから数日間、その民宿《みんしゅく》にとめてもらった。

クニオさんも、ただでとめてもらうのは悪いと思ったので、仕事を手伝《てつだ》ったりしているうちに、娘《むすめ》さんとも仲《なか》よくなって……。

「もしかして……」

ソラが、クニオさんとアヤコさんの顔に、視線《しせん》を往復《おうふく》させた。

「うん」

クニオさんは、照《て》れたように頭をかいて、となりのアヤコさんを見た。

「それが、彼女《かのじょ》だったんだ」

「わたしは人魚じゃありませんけどね」

アヤコさんは、フフッと笑《わら》った。

「そういえば……」

タクミのお父さんが、ふと思いだしたように口を開いた。

「もともとの、江戸《えど》時代の人魚の話やけど、なんか続《つづ》きがなかったか？」

「ああ、人魚がよめいりしたあとの話だろ？」

クニオさんは、お茶をひと口飲むと、

「いっしょになった二人は、海の近くで食事どころをはじめたそうだ」

といった。

「その食事どころは、魚がたいそううまいと評判《ひょうばん》で、やがて、あとをついだ子どもが宿屋をはじめると、魚がうまい民宿《みんしゅく》として、はんじょうしたそうだよ」

「え、それって……」

タクミが身を乗りだす。

「まあ、いいつたえだけどね」

クニオさんはにっこり笑《わら》ったけど、もしその話が本当で、ここがその宿なら、アヤコさんは人魚の子孫《しそん》かもしれない。

ぼくの視線《しせん》に気づいたアヤコさんは、口のはしをわずかにあげて、意味ありげにほほえんだ。

二日目は、朝からみんなで近くにある町営《ちょうえい》の海水浴場《かいすいよくじょう》に出かけた。

砂浜《すなはま》には焼《や》きそばやかき氷の屋台がならんでいて、海の家ではビーチパラソルやうき輪《わ》の貸《か》しだしもしている。

だけど、観光地《かんこうち》というよりは、地元の人の遊び場という感じの、のどかなふんいきだった。

ぼくたちは、はやくも熱《あつ》くなってきた砂《すな》の上に、宿で借《か》りたシートをしいてパラソルを広げると、準備《じゅんび》運動をはじめた。

七節町《ななふしちょう》に引っこしてから、学校の行事以外《いがい》でみんなと旅行にいくのも、海にいくのもはじめてだ。

しっかりと日焼《ひや》け止めをぬった上から、ラッシュガードをはおって、海へと走りだす。

波打ちぎわに足をつけると、波が引くのに合わせて、足の下の砂《すな》がさらさらと減《へ》っていく。

海の水の冷《つめ》たさを感じながら、一歩ずつ進んでいくと、

「気持ちいい〜！」

いつのまにかラッシュガードをぬいで、水にもぐっていたタクミが、ザバッと顔を出してさけんだ。

ぼくとシンちゃんも、近くにいたタクミのお父さんにラッシュガードをあずけると、頭まで水につかった。

水がきれいで、浅《あさ》い場所でも魚が見える。

ぼくはこしぐらいの深さまで進むと、ゴーグルをつけて体の力をぬいた。

ぷかぷかとうかびながら、目の前を泳ぐ魚を観察《かんさつ》する。

水の中だと、大きさがよくわからないので、自分の手をのばして見くらべてみると、思ったよりも魚は小さかった。

あきることなく魚をながめるぼくの頭に、

ポスン

やわらかいなにかがあたった。

顔をあげると、目の前にスイカもようのビーチボールがうかんでいて、少しはなれたところでシンちゃんたちが手をふっている。

「おーい、リク。こっち、こっち」

「いくよー」

ぼくはシンちゃんに向かって思いきり投げたけど、ビーチボールは風におしもどされて、目の前にちゃぷんと落ちた。

笑《わら》い声をあげるみんなのところまで、今度はしっかりとかかえて運ぶ。

ぼくたちがしばらくボール遊びをしていると、

「空気がはいったぞー」

タクミのお父さんが、宿から借《か》りてきたうき輪《わ》を持ってきてくれた。

いま立ってるのが、おなかぐらいの深さのところで、ここからさらにずっとおきにいくと、オレンジ色のブイがうかんでいる。

あそこまでが、泳いでもいいエリアだ。

「あんまり遠くまでいくなよ」

サングラスをかけたタクミのお父さんは、自分も大きなうき輪《わ》をつけて、波にゆられながらいった。

この砂浜《すなはま》には、テニスのしんぱんみたいな高いいすにすわって、双眼鏡《そうがんきょう》で見張《みは》ってる監視員《かんしいん》さんや、いざとなったら海に飛《と》びこんで助けてくれるライフセーバーの人もいるけど、注意するにこしたことはない。

うき輪《わ》をつけて、足がとどくかとどかないかのあたりで、ぼーっとうかんでいると、少しねむくなってきた。

ブイの向こうには、最近《さいきん》できたというホテルが小さく見える。

ホテルの前の海を、水上バイクが水しぶきをあげて走る光景《こうけい》をながめながら、ぼくは車の中でタクミのお父さんが話してくれた『海の底《そこ》の村』の話を思いだしていた。

もし本当に、海底《かいてい》に村があったら、頭の上をバイクに走られて、めいわくがっているだろうか。

それとも、めずらしい魚だと思って、見物にくるだろうか。

そんなことを考えていると、砂浜《すなはま》の方から、タクミが大きなカメにまたがってやってきた。

よく見ると、それはカメの形をしたフロート——上に乗るタイプのうき輪《わ》——だった。

まるで浦島太郎《うらしまたろう》だ。

「そろそろお昼にせえへんか」

浦島太郎《うらしまたろう》に手招《てまね》きされて、ぼくは大きく水をかいた。

砂浜《すなはま》にたどりつくと、パラソルの下にはごうかなお昼ごはんが広げられていた。

さっき、クニオさんとアヤコさんが、わざわざお弁当《べんとう》をとどけてくれたらしい。

「やったー」

タクミがさっそくおにぎりに手をのばす。

お弁当《べんとう》は、おにぎりの箱とおかずの箱に分かれていて、おかずの方には、卵焼《たまごや》きにウインナー、ほうれん草のおひたし、魚のフライなどが、ぎっしりとつまっていた。

「あれ？　父ちゃんは、おにぎり食べないのか？」

タクミが不思議《ふしぎ》そうにいった。

「ああ、おれはおかずだけもらうよ」

タクミのお父さんはそういって、屋台で買ってきた焼《や》きそばを、おいしそうにほおばった。

海にきたら焼《や》きそばを食べるのは、タクミのお父さんいわく、日本の伝統《でんとう》なのだそうだ。

あっという間にお弁当《べんとう》が空になって、まだものたりないというタクミとシンちゃんが、焼《や》きとうもろこしを買いにいく。

ぼくとソラはおなかいっぱいだったので、シートで風にふかれながら海をながめた。

二台の水上バイクが、前後にならんで走っている。

その光景を見ていたぼくは、思わず「あっ！」と声をあげて指をさした。

「あれ、なんだろう」

水平線の向こうから、船が近づいてくる。

それは、おきまで漁《りょう》に出るような、りっぱな大型《おおがた》の漁船《ぎょせん》に見えた。

漁船《ぎょせん》は、その大きな船体からは想像《そうぞう》もつかないスピードで、ぐんぐんとこちらにせまってくる。

ほかの海水浴客《かいすいよく》も、ざわつきはじめた。

水上バイクを運転している人も漁船《ぎょせん》に気づいたのか、反対側《はんたいがわ》に急ハンドルを切った。

だけど、スピードが出ていたため、バイクはバランスをくずして、そのまま海面を転がるようにたおれてしまった。

いったんしずんだドライバーが、すぐに顔を出す。

そこにさっきの漁船《ぎょせん》がせまってきた。

「あぶない！」

ぼくがさけぶのと同時に、漁船《ぎょせん》はまるで空気にとけるように消えてしまった。

「え？　なんで？」

ソラが声をあげて、ぼくを見ながらいった。

「いま、船が消えたよね」

ぼくがうなずいていると、

「なんかあったんか？」

焼《や》きとうもろこしを手に、タクミとシンちゃんがもどってきた。

二人とも、とうもろこしが焼《や》けるところを見ていて、いまのさわぎに気づかなかったらしい。

「いま、船がバイクにぶつかりそうになったんだけど……」

ぼくが説明《せつめい》すると、

「え？　どこ？」

タクミが海の方に目をこらした。

「ほら、あそこ」

ぼくはバイクがひっくりかえっているあたりを指さした。

だけど、やっぱり船は見えない。

まさか、しずんでしまったのだろうか。

タクミのお父さんも同じことを考えたみたいで、

「いまのはなんやったんや？」

そういって立ちあがると、海の家まで話を聞きにいった。

そして、しばらくしてもどってくると、

「なんか、最近《さいきん》おかしな事故《じこ》が多いらしいな」

といって、顔をしかめた。

本来、水上バイクが走れる場所は、船の通り道とは決して重ならないようになっている　はずだ。

ところが、海の家の人によると、今年の夏はどういうわけか、近づくはずのない船や、このあたりでは見たことがないような大きな魚が、とつぜんあらわれるというできごとが、ひんぱんに起きているのだそうだ。

「どれも、ぶつかる前に消えてしまうから、いまのところ大きな事故《じこ》にはつながってないみたいやけどな」

「消えてしまうって、どういうことですか？」

ソラの疑問《ぎもん》に、タクミのお父さんは「うーん」とうなって、

「もしかしたら、蜃気楼《しんきろう》かもしれへんな」

といった。

「蜃気楼《しんきろう》って？」

タクミが聞きかえす。

「そんなにくわしい仕組みを知ってるわけやないけど……」

蜃気楼《しんきろう》は自然現象《しぜんげんしょう》のひとつで、光の屈折《くっせつ》のせいで、そこにはないものがあらわれたり、形が変《か》わって見えたりするらしい。

「たとえば、水の中にはしとかストローをいれたら、曲がって見えることがあるやろ？　あれは、空気と水の屈折率《くっせつりつ》がちがうから、角度が変《か》わって見えるんや。そやから、たとえば空の上の方では空気が暖《あたた》かいのに、海面に近いとこが冷《つめ》たかったら、光が曲がって見えるらしいんやけど……」

タクミのお父さんは、とちゅうから自信《じしん》がなくなってきたのか、声が小さくなっていった。

「蜃気楼《しんきろう》ってゆうたら、ふつうは遠くの景色《けしき》がさかさまに映《うつ》ったりするくらいのもんで、おらんはずの船がせまってくるとか、聞いたことないんやけどなあ……」

ぼくは海に目をやった。

だけど、そこにはやっぱり船はなくて、自力で起きあがった水上バイクが、ホテルの方へと走りさっていくところだった。

お昼ごはんのあとは、砂浜《すなはま》でビーチバレーをしたりして遊んだけど、風が冷《つめ》たくなってきたので、ぼくたちは二時過《す》ぎに宿へと帰った。

裏《うら》の水道で海水の塩《しお》と砂《すな》を洗《あら》いながして、お風呂《ふろ》で熱《あつ》いシャワーを浴《あ》びてから、食《しょく》堂《どう》に集合すると、冷《ひ》えた麦茶とスイカが用意されていた。

「あれ？　父ちゃんは？」

タクミがきょろきょろと食堂《しょくどう》を見まわす。

「ちょっとひるねしてくるって、部屋にいったよ」

クニオさんが苦笑《くしょう》しながらいった。

「この年になると、きみたちほど体力がないからね」

ぼくたちはテーブルを囲《かこ》んで、手を合わせた。

「いただきまーす」

たくさん泳いで、シャワーで温まって、また冷房《れいぼう》の効《き》いた食堂《しょくどう》で冷《つめ》たい麦茶を飲んでいると、たしかにねむくなってくる。

「海はどうだった？」

クニオさんの質問《しつもん》に、

「すごくきれいでした」

ぼくは即答《そくとう》した。

「あんなにいっぱい、目の前で魚を見たのははじめてです」

「ここの海は、本当にきれいだからね」

クニオさんは満足《まんぞく》そうにうなずいた。

「そういえば、蜃気楼《しんきろう》を見たってゆってたな」

シンちゃんが、二切れ目のスイカに手をのばしながら、ぼくの方を向いていった。

「そうなの？」

身を乗りだすクニオさんに、

「蜃気楼《しんきろう》かどうかはわからないんですけど……」

ぼくは、漁船《ぎょせん》が近づいてきて、水上バイクがそれをよけようと転とうしたことや、その漁船《ぎょせん》がまるでまぼろしのように消えたことを話した。

「たしかに、おかしな事故《じこ》が増《ふ》えてるって、民宿《みんしゅく》の集まりでも話題になってたな」

クニオさんは、しんけんな顔でうでを組んだ。

「それにしても、蜃気楼《しんきろう》か……」

「あれって、自然現象《しぜんげんしょう》なんですか?」

ソラの問いに、

「うーん。自然現象《しぜんげんしょう》だったら、さかさまになるはずなんだけどな」

クニオさんは、タクミのお父さんと同じことをいって、ニヤリと笑《わら》った。

「蜃気楼《しんきろう》の正体は、妖怪《ようかい》かもしれないって説《せつ》があるんだよ」

「妖怪《ようかい》ですか?」

ぼくはびっくりして聞きかえした。

「うん」

クニオさんは、テーブルの上のメモ用紙を引きよせて、ボールペンで大きく、〈蜃《しん》気楼《きろう》〉とかくと、ひと文字目を丸で囲《かこ》んだ。

「この〈蜃《しん》〉という字には、オオハマグリをあらわすという説《せつ》と、龍《りゅう》をあらわすという説《せつ》があるんだ」

「ハマグリって、あの貝のハマグリ?」

シンちゃんが意外そうにいった。

クニオさんはうなずいて、

「元は中国のいいつたえなんだけどね……」

お茶をひと口飲んでから、話しはじめた。

蜃《しん》気《き》楼《ろう》

昔々《むかしむかし》の話。
中国の海に、化けものが出て船をしずめるといううわさがあった。

あまりにも船の被害《ひがい》が多いので、化けものを退治《たいじ》するよう、皇帝《こうてい》の命令《めいれい》がくだったが、だれもいきたがらない。

そんな中、ひとりの勇《ゆう》かんな若者《わかもの》が名乗りをあげた。

多額《たがく》の報《ほう》しゅうでやとった船員たちとともに、三日三晩《みっかみばん》、荒《あ》れる海を進んで、被害《ひがい》が多いといわれているあたりに到着《とうちゃく》すると、前方に地図にはない島が見える。

さらに、島の上にはお城《しろ》のような高層《こうそう》の建物《たてもの》——楼閣《ろうかく》が建《た》っていた。

これは新発見かもしれないと思い、近づこうとするが、なかなかきょりが縮《ちぢ》まらない。

はじめは潮《しお》の流れのせいで、自分たちが遠ざかっているのかと思ったが、よく見ると島の方がにげている。

それでもなんとか追いついて、上陸《じょうりく》しようとしたとたん、地面が消えて、若者《わかもの》たちは海に落ちてしまった。

島も建物《たてもの》も、本物ではなく、まぼろしだったのだ。

若者《わかもの》と船員たちが、いそいで船にあがろうとすると、とつぜん目の前に巨大《きょだい》なサメがあらわれた。

船員たちは、必死《ひっし》ににげようとしたが、

「おまえが海を荒《あ》らす化けものか！」

若者《わかもの》は短刀を手にして、サメに立ちむかった。

すると、島と同じように、サメの怪物《かいぶつ》はふわりと消えてしまった。

あとにあらわれたものを見て、若者《わかもの》は目を疑《うたが》った。

それは、巨大《きょだい》なハマグリだったのだ。

ハマグリは二枚《まい》の貝がらを開くと、白いけむりをはきだした。

けむりは海の上でしばらく渦《うず》を巻《ま》いていたかと思うと、みるみるうちにさきほどのサメの形になっていった。

どうやら、このハマグリが、口からはくけむりのようなもので、まぼろしを見せていたようだ。

若者《わかもの》はハマグリの口をおしあけて、貝がらの中に立つと、短刀をふりあげた。

すると、どこからか、

きゅーい、きゅーい

という、なんともいえない悲しげな音が聞こえてきた。

若者《わかもの》と船員たちが、音のぬしをさがすと、大きなハマグリの背後《はいご》にかくれるようにして、小さな――とはいっても、ふつうの人間くらいの大きさのあるハマグリたちが、身を寄《よ》せあって鳴いていた。

このハマグリは、子どもたちを守ろうとしていたのかと合点《がてん》がいった若者《わかもの》は、今後ぜったいに船を危険《きけん》な目に合わせるまぼろしは出さないと約束《やくそく》させて、助けてやった。


その後、若者《わかもの》は皇帝《こうてい》に報告《ほうこく》するため、船にもどってかじを切った。

ところが、出発して間もなく、とつぜん海面が高く盛《も》りあがったかと思うと、丸太のような足を持った、大きなタコがあらわれた。

タコが足をひとふりしてたたきつけると、船の甲板《かんぱん》がくだけた。

今度はまぼろしではなさそうだ。

このままでは、船が粉々《こなごな》にされてしまう。

追いつめられた若者《わかもの》たちの目の前で、また水しぶきがあがり、今度はタコの何倍もある巨大《きょだい》なイカがあらわれた。

イカがその足をふりあげると、タコはしゅるしゅると足を引っこめて、海の中へとにげだした。

タコがいなくなると、イカはすーっと消えて、さっきのハマグリがあらわれた。

「おまえが助けてくれたのか」

若者《わかもの》が感動して、お礼をいうと、ハマグリは子どもたちを連《つ》れて、去っていったということだ。


「それじゃあ、蜃気楼《しんきろう》っていうのは、ハマグリが口からはきだしたまぼろしなんですか？」

ソラに聞かれて、

「いいつたえでは、いちおうそうなってるね」

クニオさんはボールペンを手にすると、メモ用紙にさらに漢字をかきこみながら、説明《せつめい》を続《つづ》けた。

「〈蜃《しん》〉が〈気〉をはいて、島と大きな建物《たてもの》のまぼろしを映《うつ》しだした。昔は高層建築《こうそうけんちく》のことを〈楼閣《ろうかく》〉と呼《よ》んだことから、海の上にあらわれるまぼろしを〈蜃気楼《しんきろう》〉というようになったんだ」

「だったら、あの漁船《ぎょせん》も、ハマグリが見せたまぼろしだったのかな……」

ぼくのつぶやきに、クニオさんは、

「そうかもしれないね」

といった。

だけど、〈蜃《しん》〉と呼《よ》ばれるハマグリの妖怪《ようかい》は、子どもを守ったり、若者《わかもの》を助けたりするくらいだから、そんなに悪い妖怪《ようかい》だとは思えない。

それなのに、どうして事故《じこ》を起こすようなことをするんだろう――ぼくには、それが不思議《ふしぎ》だった。

スイカを食べおえると、ちょうどいい時間になったので、ぼくたちは約束《やくそく》通り昨日《きのう》の神社へと向かった。

タクミはえんぴつとスケッチブックを、ソラは怪談《かいだん》をかきとめるためのノートを持っている。

境内《けいだい》にはいって海を見おろしていると、海人《かいと》と千波《ちなみ》ちゃんが石段《いしだん》をのぼってやってきた。

「ずいぶん焼《や》けたな」

海人《かいと》はぼくたちを見るなりそういった。

「ずっと海におったからな」

シンちゃんが、赤くなった顔をなでながら答えた。

ぼくは、海水浴《かいすいよく》のとちゅうで、バイクの事故《じこ》をもくげきしたことを話した。

「水上バイクが走ってたら、大きな船が近づいてきたんだけど、直前で急に消えたんだ」

「またか……」

海人《かいと》が苦虫をかみつぶしたような表情《ひょうじょう》を見せた。

「最近《さいきん》、多いんだよ」

「ねえ、知ってる？　あれって、蜃《しん》っていう妖怪《ようかい》なんだって」

ソラがいうと、海人《かいと》はぎょっとした顔をした。

「妖怪《ようかい》？」

「うん。本当は大きなハマグリで、中国の妖怪《ようかい》なの」

「妖怪《ようかい》なんか、信《しん》じてるのか？」

海人《かいと》の問いかけに、ソラが「うん」と即答《そくとう》する。

びっくりした顔をする海人《かいと》のとなりで、
千波《ちなみ》ちゃんがぼくたちを見あげて聞いてきた。

「妖怪《ようかい》、好《す》きなの？」

「おう」

タクミが胸《むね》をはって、じまんげに答える。

「おれら、妖怪《ようかい》の友だちも多いからな」

「ほんと？」

目をかがやかせる千波《ちなみ》ちゃんに、

「大人には、秘密《ひみつ》やぞ」

タクミは声をひそめていった。

「どんな妖怪《ようかい》と、友だちなの？」

「まず、河童《かっぱ》やな」

タクミの言葉に、ぼくたちはうなずいた。

いまごろギィは、すもうの練習をがんばっているだろうか。

「あとは、天狗《てんぐ》とか山童《やまわろ》とか……」

「山童《やまわろ》？」

千波《ちなみ》ちゃんが首をかしげた。

「山の妖怪《ようかい》で、山の童《わらべ》ってかくんだけどね……」

ソラがしゃがんで、地面に字をかく。

「海の妖怪《ようかい》に、知りあいはいないの？」

千波《ちなみ》ちゃんが、むじゃきに聞いた。

「海の妖怪《ようかい》？　舟幽霊《ふなゆうれい》とか？」

首をかしげるシンちゃんに、

「あれは幽霊《ゆうれい》だから、妖怪《ようかい》じゃないでしょ」

ソラが口をはさんだ。

「それに、元は舟《ふね》だから、友だちになるのはむずかしそう」

「海の妖怪《ようかい》といえば、やっぱり海坊主《うみぼうず》やろ」

タクミが両手をあげて、ざっぱーん、と海の中からあらわれるまねをする。

ぼくたちがそんな会話で盛《も》りあがっていると、

「おまえたち、妖怪《ようかい》がこわくないのか？」

海人《かいと》があきれたようにいった。

「こわい？　どうして？」

ぼくは聞きかえした。

相手が船をしずめてきたとか、乱暴《らんぼう》してきたならこわいけど、それはべつに妖怪《ようかい》じゃなくてもこわい。

それよりも、妖怪《ようかい》というだけで仲《なか》よくなれないことの方が、もったいないと思う、とぼくはいった。

「ふーん」

ぼくの言葉を聞いて、なんだか考えこんでいる海人《かいと》に、

「この町って、ほかにも妖怪《ようかい》とか、不思議《ふしぎ》な話はあるの？」

ソラが聞いた。

海人《かいと》は海をながめながら、

「このへんで有名な話っていったら、〈しらぬい〉かな……」

とこたえた。

「それって、こうかくやつ？」

ソラが地面に〈不知火〉とかく。

「へーえ、これで〈しらぬい〉って読むんだ」

ぼくが感心していると、

「ほかの地域《ちいき》では、たしかにそうだけど、浜風《はまかぜ》ではこうかくんだ」

海人《かいと》はしゃがんで、ソラがかいた〈不知火〉のとなりに〈白縫〉とかいた。

白い火の玉が、夜の海の上を、まるで縫《ぬ》うように飛《と》びまわることから、その名前がついたらしい。

「海坊主《うみぼうず》もいるよ」

千波《ちなみ》ちゃんがソラの前に立ってうったえた。

「海坊主《うみぼうず》って、海から出てくるすごく大きな妖怪《ようかい》のこと？」

ソラが聞くと、

「そんなにおっきくないよ。海坊主《うみぼうず》さんは、こんくらい」

千波《ちなみ》ちゃんは、ぴょんと飛《と》んで、ソラの頭の上あたりに自分の手を持っていった。

「そうなの？」

ソラが海人《かいと》を見る。

「うん」

海人《かいと》は千波《ちなみ》ちゃんの頭をなでながら答えた。

「大きなやつもいるけど、ここの海坊主《うみぼうず》は、元は本物のお坊《ぼう》さんで、〈海《うみ》の坊《ぼう》〉って

「呼ばれてるんだ」

海人によると、生前、修行熱心だったお坊さんが、亡くなってから妖怪になったものらしい。

だから、このあたりでは、昔はだれかが亡《な》くなると、ふつうのおそうしきとはべつに、海の近くで海《うみ》の坊《ぼう》にお経《きょう》をあげてもらっていたのだそうだ。

「へーえ、いい妖怪《ようかい》だね」

ぼくがいうと、海人《かいと》はうれしそうに笑《わら》った。

「そうなんだ。すごくいいやつなんだよ」

「いいやつ？」

「あ、いや、いい妖怪《ようかい》」

海人《かいと》はあわてていいなおした。

それから、海人《かいと》は急に背《せ》すじをのばして、小さく深呼吸《しんこきゅう》をすると、

「もしよかったら、明日の午後、あの展望台《てんぼうだい》まできてくれないか」

といって、ぼくたちの顔を見まわした。

「見せたいものがあるんだ」

明日は、朝からまた泳ぎにいく予定だけど、午後はとくに予定はない。

「いいけど……見せたいものって、なに？」

ぼくが聞くと、

「それは、そのときに話すよ」

海人《かいと》はまだ少しきんちょうの残《のこ》る顔で、ニッと笑《わら》った。


この日の晩《ばん》ごはんもごうかだった。

メインは大きな焼《や》き魚で、海鮮《かいせん》がたっぷりはいった小さなおなべが、ひとりひとりについている。

今日は食事の準備《じゅんび》は終わっているので、クニオさんとアヤコさんも、いっしょにテーブルを囲《かこ》んだ。

「いただきまーす」

食べながら、さっそくぼくはクニオさんに、海のお坊《ぼう》さんの話を聞いてみた。

「海《うみ》の坊《ぼう》？」

クニオさんは、はしをとめて、きおくを探《さぐ》るように宙《ちゅう》を見つめていたけど、やがて、

「ああ」

と声をもらした。

「聞いたことがあるよ。たしか、昔はおそうしきのとき、そう列がかならず海に立ちよってたんだ」

そう列というのはおそうしきの行列のことで、昔は火そう場やお墓《はか》まで、亡《な》くなった人のひつぎをかついで運んだらしい。

「すると、海の方からお経《きょう》が聞こえてきたそうだよ」

「それって、もともとは人間のお坊《ぼう》さんなんですよね？」

ぼくは疑問《ぎもん》に思って聞いた。

「それなのに、幽霊《ゆうれい》じゃなくて妖怪《ようかい》になるんですか？」

「そうだね。亡《な》くなった人が、妖怪《ようかい》になるパターンかな」

クニオさんはそういって、話しはじめた。

海のそう列

昔々《むかしむかし》のこと。

毎朝、海岸で熱心《ねっしん》にお経《きょう》を唱《とな》える、ひとりのお坊《ぼう》さんがいた。

あるとき町の人が、だれもいないのに、どうしてそんなところで唱《とな》えるのかとたずねた。

すると、お坊《ぼう》さんは、

「海辺《うみべ》の町は、海のめぐみをいただいて生活している。だから、その感謝《かんしゃ》と供養《くよう》のために、海に向かって読経《どきょう》しておるのじゃ」

と答えた。

何十年もの間、雨が降《ふ》っても風がふいても、海でお経《きょう》を唱《とな》えつづけたお坊《ぼう》さんは、亡《な》くなるとき、

「自分が死んだら、体を海に返してほしい」

と、いいのこした。

お坊《ぼう》さんをしたっていた町の人たちは、そのゆいごん通り、お坊《ぼう》さんを小舟《こぶね》で海に送りだした。

いまは禁止《きんし》されているけど、昔は亡《な》くなった人を舟《ふね》に乗せて海や川に流すことがあったそうだ。

それからしばらくして、浜辺《はまべ》で遊んでいた子どもが、波にさらわれてしまった。

その日は風が強く、海上も荒《あ》れていて、助けにいくことができない。

家族がなげいていると、おきの方から子どもの泣《な》き声が聞こえてきた。

見ると、ゆくえ不明《ふめい》になった子どもを乗せて、小さな舟《ふね》がゆっくりと近づいてくる。

それは、あのお坊《ぼう》さんを送った舟《ふね》だった。

家族が子どもをだきしめて、無事《ぶじ》をよろこんでいると、いつのまにか舟《ふね》は消え、どこからか、あのお坊《ぼう》さんの読経《どきょう》の声が聞こえてきた、ということだ。

話しおわると、クニオさんはふと思いだしたように、

「これは、ぼくが学生時代に、かなり年配の人から聞いたんだけど、そのとき、古い話だから、知ってる人はほとんどいないだろう、といわれたんだ。それなのに、よく知ってたね」

といった。

その後、夕食が終わると、ぼくたちは宿の前で花火をした。

バケツに水をくんできて、昼間のうちにタクミのお父さんが買ってきてくれた花火に火を点《つ》ける。

つぎつぎと変《か》わっていく火花をながめながら、自由課題《かだい》をなににしようかと考えていると、

「リク、課題《かだい》のことでなやんでる？」

ソラがぼくの顔をのぞきこんだ。

ちょうど七色に変化《へんか》する花火を持っていたソラの顔が、いろんな色にぴかぴかとそまる。

「うん」

ぼくは青から緑に変《か》わる様子を見つめながらいった。

「顔に出てるかな」

「ちょっとね」

ソラは笑《わら》って、

「まだ夏休みは長いんだし、旅行中に決めなくてもいいんじゃない？　もし決まら

なかったら、帰ってからいっしょに考えよ」

といった。

「そうだね」

少し気持ちが楽になって、ぼくはうなずいた。

たしかに、せっかくの旅行を楽しめないのはもったいない。

最後《さいご》の線香《せんこう》花火が終わると、タクミが「あ」と声をあげて、海の方を指さした。

海面すれすれを白い光が、右へ左へと動いている。

「ああ、あれは漁船《ぎょせん》の明かりかな」

クニオさんがいった。

たしかに、よく見ると船のようなかげも見える。

だけど、もしぼくがひとりであの明かりを見て、漁船《ぎょせん》に気づかなかったら、本物の〈白縫《しらぬい》〉を見たと思っただろう。

ふわふわとうかぶ白い光を見ながら、妖怪《ようかい》とか怪談《かいだん》というのは、こうして広まっていくのかもしれないな、と思った。

三日目も、昨日《きのう》と同じ海水浴場《かいすいよくじょう》で朝から遊んだ。

今日のお弁当《べんとう》はサンドイッチだ。

ふつうのハムとか卵《たまご》もあるけど、自家製《じかせい》のツナでつくったツナサンドが、めちゃくちゃおいしかった。

海人《かいと》との約束《やくそく》があったし、人も混《こ》んできたので、お弁当《べんとう》を食べると、ぼくたちは早々《そうそう》に宿に引きあげた。

展望台《てんぼうだい》にいくまでの間、大部屋の机《つくえ》を囲《かこ》んで、みんなで宿題をする。

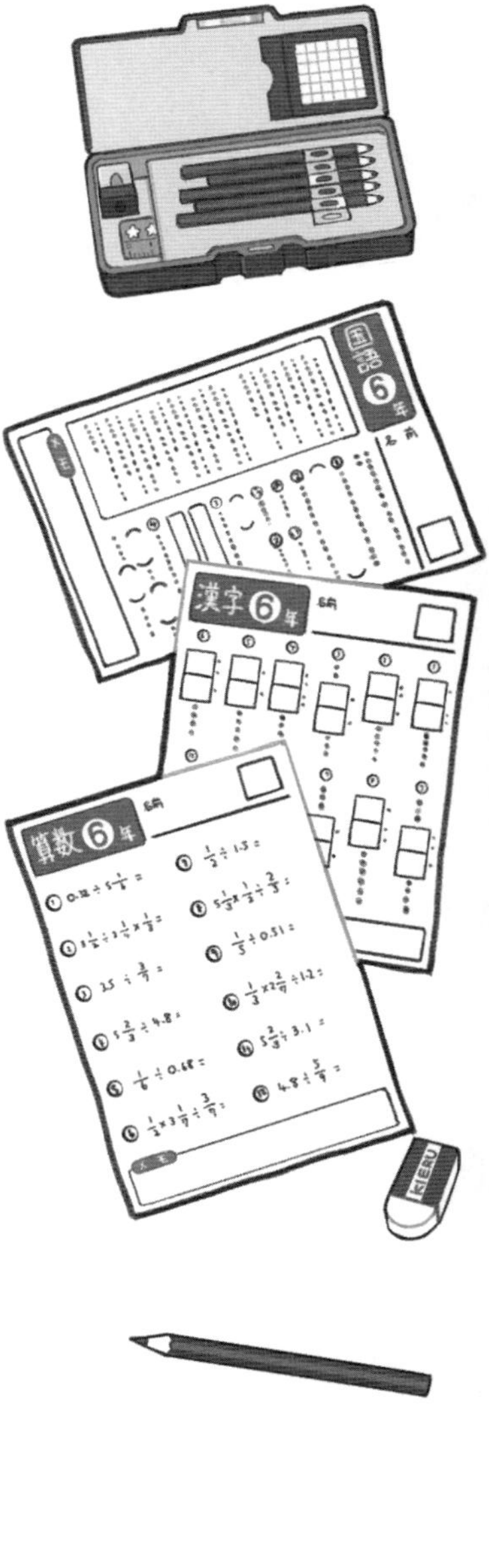

今日は自由課題《かだい》ではなく、国語や算数のプリントだ。

いつもはめんどうな宿題も、みんなといっしょにやると楽しかった。

全教科のプリントを一枚《まい》ずつやったところで、

「そろそろいこうぜ」

大きくのびをしながら、タクミがいった。

展望台《てんぼうだい》に到着《とうちゃく》すると、あのさくの手前に黄色と黒のロープが張《は》られて、近づけないようになっていた。

きっと、神主《かんぬし》さんが町役場に連絡《れんらく》してくれたのだろう。

ぼくたちがさくからはなれて海をながめていると、

「よう、きてくれたんだな」

どこからともなく、海人《かいと》があらわれた。

「こっちだ」

そういって歩きだす海人《かいと》についていくと、展望台《てんぼうだい》から少し坂をくだったところに、海岸までおりることのできる、急な道があった。

みんなで一列になって、しんちょうにおりると、

「ここだよー」

下で千波《ちなみ》ちゃんが手をふって待っていた。

海岸はゴツゴツとした岩場で、海水浴《かいすいよく》には不向《ふむ》きだし、人もいない。

「すべるから気をつけろよ」

海人《かいと》はぼくたちを先導《せんどう》して、岩場に足をふみいれた。

おそるおそる歩くぼくたちの横を、千波《ちなみ》ちゃんがひょいひょいとスキップするような足取りで進んでいく。

そのまま岩場のはしまでいったところで、海人《かいと》のすがたが急に消えた。

ぼくたちがきょろきょろしていると、

「こっちこっち」

千波《ちなみ》ちゃんが、高さ十メートルはありそうな高いがけの前で手招《てまね》きしていた。

よく見ると、岩はだに千波《ちなみ》ちゃんの背《せ》たけくらいの、せまい穴《あな》が開いている。

千波《ちなみ》ちゃんが穴《あな》にはいっていったので、ぼくたちもあとに続《つづ》いた。

身をかがめて、短いトンネルをぬけると――。

「わぁ……」

ソラが目を大きく見開いて、ため息のような声をもらした。

「すごい……」

ぼくも目の前の光景《こうけい》にぼうぜんとした。

そこは、まわりをがけに囲《かこ》まれた、箱庭のような海岸だったのだ。

真っ白な砂浜《すなはま》に、大きな円をかいた海が、キラキラとかがやいている。

一見、閉《と》じた海みたいだけど、よく見ると、ちょうど正面にすきまが空いていて、小さな船なら通れそうだ。

「お、魚がいるぞ」

タクミがサンダルのまま、波打ちぎわまで近づいた。

海水浴場《かいすいよくじょう》の海もきれいだったけど、ここはもっと水がすんでいて、もぐらなくても魚が泳いでいるのが見えるほどだった。

「ありがとう」

ソラのお礼に、

「え？」

海人《かいと》が首をかしげた。

「見せたいものって、これだよね？　このかわいい海を教えるために、さそってくれたんでしょ？」

ソラが続《つづ》けていうと、

「まあ、それもあるんだけど……」

海人《かいと》は言葉をにごして、

「じつは、ちょっと相談したいことがあるんだ」

といった。

「相談？」

ソラが首をかしげる。

「うん。あの……」

海人《かいと》が口を開きかけたとき、どこからか、低《ひく》く歌うような声が聞こえてきた。

あたりには、ほかに人かげはない。

それなのに、声はだんだん大きくなっていく。

よく聞くと、それはどうやらお経《きょう》のようだった。

しかも、海の方から聞こえてくる。

顔を向けると、がけのすきまを通って、ボートみたいな小舟《こぶね》が近づいてきた。

先頭にはお坊《ぼう》さんのすがたが見える。

「おうおう、この子たちか」

あっという間に砂浜《すなはま》に到着《とうちゃく》したお坊《ぼう》さんは、舟《ふね》からおりて、ニコニコしながら、ぼくたちの顔を見まわした。

「もしかして……海《うみ》の坊《ぼう》さん？」

ぼくはお坊《ぼう》さんを見あげながらいった。

お坊《ぼう》さん――海《うみ》の坊《ぼう》は目を丸くすると、

「ようわかったな。そのとおり。わしが海《うみ》の坊《ぼう》じゃ」

そういって、カッカッカと笑《わら》った。

なんだか、想像《そうぞう》とちがって、ずいぶんと明るいお坊《ぼう》さんだ。

「これって……」

ぼくが説明《せつめい》を求《もと》めて海人《かいと》に話しかけようとすると、

「ねえ、もういいよね」

千波《ちなみ》ちゃんがそういって、服を着たまま海に飛《と》びこんだ。

そのまま頭まで水にもぐって、見えなくなったかと思うと、つぎのしゅんかん、

パシャッ！


水しぶきをあげながら、千波《ちなみ》ちゃんが海の上で大きくジャンプした。

太陽の光に、尾《お》びれがきらめいている。

「千波《ちなみ》ちゃん、人魚だったの？」

ソラがおどろきと感動の混《ま》ざった声をあげた。

「すげえ！　本物の人魚だ！」

タクミが興奮《こうふん》してさけぶ。

「それじゃあ、海人《かいと》も……」

海人《かいと》はちょっと照《て》れたようにうなずいて、水の中にもぐっていった。

そして、千波《ちなみ》ちゃんのとなりで、尾《お》びれを左右にゆらしながら、ぴょんとはねた。

人魚っていうと、女の人のイメージがあったけど、どうやら性別《せいべつ》は関係《かんけい》ないみたいだ。

「泳ぐのがはやそうやな」

シンちゃんが感心したようにつぶやく。

そんなぼくたちを見て、海人《かいと》は波打ちぎわまでくると、

「本当にこわがらないんだな」

と、不思議《ふしぎ》そうにいった。

「まあな」

「だって、海人《かいと》くんもわたしたちのこと、こわくないでしょ？」

ソラにいわれて、海人《かいと》がうなずく。

「それといっしょよ」
ほほえむソラに、ぼくは
「そうだよ」と同意した。
ぼくたちにとって、海人《かいと》は展望台《てんぼうだい》であぶない
ところを助けてくれた恩人《おんじん》で、浜風町《はまかぜちょう》ではじめて
できた友だちだ。こわいわけがない。
「そうか」
海人《かいと》はうれしそうに笑《わら》うと、尾《お》びれを足にして、水からあがってきた。
ちなみに、いいつたえでは尾《お》びれを足に変化《へんか》させるのは大人になってからというこ
とだったけど、個人差《こじんさ》があるらしく、海人《かいと》たちは小さいころからできていたそうだ。
海人《かいと》がまじめな顔で、
「それで、みんなに相談したいことなんだけど……」
と口を開きかけたところで、
「それは、わしから説明《せつめい》しよう」

海《うみ》の坊《ぼう》が話を引きついだ。

「相談というのは、この間、おぬしらももくげきした蜃気楼《しんきろう》のことなんじゃが……」

海《うみ》の坊《ぼう》によると、浜風町《はまかぜちょう》の海に住んでいる妖怪《ようかい》たちの間でも、とつぜんあらわれるなぞのまぼろしは、話題になっていたらしい。

自分たちもびっくりするし、なにより、事故《じこ》が多発して人間がひんぱんに出入りするようになると、妖怪《ようかい》たちにとっても暮《く》らしにくくなる。

そこで、なんとかまぼろしの正体を見つけだそうと、みんなで手分けしてさがしていたところ、数日前に、おきで人間の子どもほどの大きさのハマグリがただよっているのを見つけた。

「どうやら、こいつのしわざらしいとはわかったんじゃが、話しかけても泣《な》くばかりで、困《こま》っておったんじゃ」

海《うみ》の坊《ぼう》はうでを組んで顔をしかめた。

「そこに、おぬしらが中国の妖怪《ようかい》かもしれんと教えてくれたおかげで、やっと正体が判明《はんめい》したんじゃよ」

「いまから、そいつがいるところまでいこうと思うんだけど……いっしょにきてくれないか」

海人《かいと》の申し出に、ぼくたちは顔を見あわせた。

友だちが困《こま》っているのだから、力になりたいし、その中国の妖怪《ようかい》を見たい気持ちもある。

だけど、ぼくたちは人魚のようにすいすいと泳げるわけじゃないし、おきまでどうやっていくんだろうと思っていると、

「これに乗っていけばいい」

海《うみ》の坊《ぼう》が、舟《ふね》の横板《よこいた》をぽんぽんとたたいた。

すると、舟《ふね》がぐぐっと大きくなって、まわりの横板《よこいた》も胸《むね》くらいの高さまでせりあがった。

これならたしかに、五人くらいよゆうで乗れそうだ。

ぼくたちが目を丸くしていると、

「こいつも、つくられてからもう何百年もたつからな。化生《けしょう》の者になったんじゃ

よ」

海《うみ》の坊《ぼう》はそういって、ガッハッハと笑《わら》った。

「乗ってもええんか？」

タクミが舟《ふね》のふちに手をかけて、よじのぼろうとすると、

「ああ、すまんかった。これでは乗りにくいな」

海《うみ》の坊《ぼう》が、舟《ふね》の一部をふたたび軽くたたいた。

その部分だけが、またげる高さまでぐぐっと下がる。

じっさいに乗ってみると、かたい木の板でできているはずなのに、やわらかくつつみこまれるような感じがした。

「いいのか？」

心配そうな表情《ひょうじょう》をうかべる海人《かいと》に、

「あたりまえやろ」

舟《ふね》のふちから顔を出して、タクミが笑《わら》った。

「こないだリクを助けてくれたんやから、今度はおれらが力になる番や」

「うん」

ぼくもタクミのとなりで、海人《かいと》と千波《ちなみ》ちゃんにうなずきかけた。

「力になれるかどうかわからないけど、手伝《てつだ》わせて」

「よし、それじゃあ、出発するぞ」

海《うみ》の坊《ぼう》が先頭で宣言《せんげん》すると、舟《ふね》はスーッと動きだした。

海人《かいと》も足を尾《お》びれに変化《へんか》させて、千波《ちなみ》ちゃんといっしょに追いかけてくる。

舟《ふね》はそのままゆれることなく箱庭の海のはしまでくると、がけのすきまをぬけて、広い大海原へと飛《と》びだした。

「うわー、気持ちいい！」

海のにおいのする風に髪《かみ》をなびかせながら、ソラがはしゃいだ声をあげた。

「ほかの船に見つかれへんかな」

シンちゃんのつぶやきに、

「心配ない。昨日《きのう》の事故《じこ》で、近くを通る船やホテルのアクティビティは休止しているはずじゃ」

海《うみ》の坊《ぼう》がこちらをふりかえっていった。

「そうなんですか?」

ぼくが聞きかえすと、

「うむ」

海《うみ》の坊《ぼう》はむずかしい顔でうなずいた。

「とくに、パラシュートをつけて、水上バイクに引っぱられて空を飛《と》ぶパラセーリングなんかは、バイクがひっくりかえったら、ついらくしてしまうからの」

そんな話をしているうちに、陸地《りくち》はあっという間に小さくなっていった。

不安な気持ちが顔に出ていたのか、

「まかせとけ」

舟《ふね》とへい走していた海人《かいと》が、パシャッとはねて、尾《お》びれで海面をたたいた。

「もしなにかあったら、おれたちが守ってやるから」

となりで千波《ちなみ》ちゃんも、

「うん、助けるよ」

といってくれる。

「たのんだよ」

ぼくは安心して前に向きなおった。

海《うみ》の坊《ぼう》は先頭に立って、ずっとお経《きょう》を唱《とな》えている。

もしかして、この舟《ふね》ってお経《きょう》で動いてるんじゃないかな、と思っていると、

「そろそろじゃぞ」

海《うみ》の坊《ぼう》がぼくたちをふりかえった。

速度を落とした舟《ふね》が、波に身をまかせるように、ゆらゆらとゆれる。

広い海には、ぼくたち以外《いがい》にはだれもいなかった。

ハマグリはどこだろうと、あたりをさがしていると、

「わっ!」

なんの前ぶれもなく、とつぜん目の前に、巨大《きょだい》な二枚貝《にまいがい》があらわれた。

話に聞いていたとおり、大きなハマグリだった。

「あれ? さっきまでいなかったよね?」

ソラが不思議《ふしぎ》そうにまばたきをくりかえす。

「どういう仕組みかはわからんが、すぐ近くまでこないと、見えんようになっとるようじゃ」

海《うみ》の坊《ぼう》にいわれて、ぼくはタクミのお父さんが教えてくれた話を思いだした。

たしか、自然現象《しぜんげんしょう》の蜃気楼《しんきろう》は、空気の温度のちがいで、光が曲がって見えるのが原因《げんいん》だったはずだ。

このハマグリも、もしかしたら空気を操作《そうさ》することで、まわりから自分のすがたをかくしているのかもしれない。

きゅいん、きゅいん

ハマグリが、もの悲しげな声をあげる。

「こいつはハマグリの妖怪《ようかい》、〈蜃《しん》〉の子ども――というか、赤ちゃんのようでな」

海《うみ》の坊《ぼう》がいつくしむ目で、蜃《しん》の赤ちゃんを見た。

おそらく、親といっしょに海をただよっていたところを、潮《しお》に流されてしまったのだろう、と海《うみ》の坊《ぼう》はいった。

海は広いので、いったんはぐれると、ふたたび出あうのはむずかしい。

「どうやってさがしたらいいと思う?」

海人《かいと》に聞かれて、なにかいい案《あん》はないかと考えていると、蜃《しん》の赤ちゃんが、口からぶわっと水蒸気《すいじょうき》のようなものをはきだした。

すると、海の上に小舟《こぶね》があらわれた。

ぼくたちや海《うみ》の坊《ぼう》も乗っている。

これが、まぼろしの正体だったのか――目の前にあらわれた、自分たちのすがたに、ぼくが言葉を失《うしな》っていると、

「どうやら、見たものをそのまま映《うつ》しているようじゃの」

海《うみ》の坊《ぼう》が感心したようにつぶやいた。

やがて、強い風がふいて、舟《ふね》のまぼろしがふわりと消えると、蜃《しん》はぶくぶくと水の中にもぐっていった。

ぼくたちは、いったん浜《はま》にもどって、今後のことを話しあった。

とにかく、蜃《しん》の親をどうやって見つけるかが問題だ。

「空からさがせたらええんやけどなあ」

タクミが頭上の青空を見あげながらいった。

「そういえば、さっき、空を飛《と》ぶアクティビティがあるって……」

ぼくが海《うみ》の坊《ぼう》を見ると、

「パラセーリングのことか?」

海《うみ》の坊《ぼう》が答えた。

「それや!」

シンちゃんが大声をあげた。

「おっきなたれ幕《まく》に、ここに迷子《まいご》がいますってかいて、パラセーリングで空から宣《せん》伝《でん》するんや!」

「でも、ハマグリの妖怪《ようかい》って、文字が読めるのかな?」

ソラのそぼくな疑問《ぎもん》に、

「え？」

シンちゃんは口ごもって、

「どうなんやろ……」

と、頭をかいた。

たしかに、ハマグリの妖怪《ようかい》で、しかも海の向こうからきたとなると、どんな言葉を使えばいいのかわからない。

というか、そもそも言葉が通じるのだろうか……。

「それやったら、たれ幕《まく》にハマグリの絵をかくのはどうや？」

タクミがべつのアイデアを出す。

「それで、ここに赤ちゃんがおるでって、矢印《やじるし》をかくんや」

それなら気づいてくれる可能性《かのうせい》は高そうだ。

ただ、この方法《ほうほう》は、ぼくたちだけで実行するのはむりだった。

かといって、大人に事情《じじょう》を話しても、信《しん》じてもらうのはむずかしい。

なんとか自分たちだけで、空から合図を送れないかと考えていたぼくは、ふと思いついたことを口にした。

「あのまぼろしを、空に出すことはできないかな？」

「どういうこと？」

ソラに聞かれて、ぼくは頭の中で意見をまとめながら答えた。

「だから、あの子が自分自身の蜃気楼《しんきろう》を、海の上じゃなくて、もっと高く空にうかべることができたら、お母さんも気づくんじゃない？」

「なるほど」

ソラは手をぱちんと合わせた。

たぶん、蜃《しん》の赤ちゃんは自分が見たものをそのまま再生《さいせい》するように、蜃気楼《しんきろう》にしているんだと思う。

問題は、どうやって自分のまぼろしをつくらせるかだ。

さっき、ぼくたちの小舟《こぶね》をつくりだしたみたいに、タイミングよく自分自身のすがたを見ることができればいいんだけど……。

「絵を見せたらどうや？」

タクミがいった。

「絵を見せる？」

シンちゃんが聞きかえす。

タクミは「うん」とうなずいて、

「紙をはりあわせたら、おっきなハマグリの絵がかけるやろ？　それを見たら、おっきな蜃気楼《しんきろう》を出せるんとちがうか？」

といった。

「そうか！」

ぼくは思わず声をあげた。

それならいけるかもしれない。

あとは、どうやって蜃気楼《しんきろう》を、空に向かってはきださせるかな

んだけど、それについては海人《かいと》に作戦《さくせん》があるらしい。

海人《かいと》たちと明日の予定を打ちあわせると、ぼくたちは宿にもどった。

そして、タクミのお父さんにお願《ねが》いして、近くのホームセンターまで車を出してもらった。

自由課題《かだい》の絵をかくためという口実で、大きなもぞう紙とガムテープと絵の具を大《たい》量《りょう》に買ってもらう。

赤色と茶色とクリーム色の絵の具ばかりを買うぼくたちを見て、タクミのお父さんは不思議《ふしぎ》そうに聞いた。

「いったい、なにをかくつもりなんや?」

「ハマグリ」

タクミが答えると、ちょっとびっくりして、

「海やないんか?」

といった。

「海もかくけど、貝にはまったねん」

タクミはそういって、へへっと笑《わら》った。

その日の晩《ばん》ごはんも、大きなエビフライにアジのフライ、マグロのステーキにつみれ汁《じる》と、ごうかな料理《りょうり》がテーブルにならんだ。

「すっかり世話になっちまったな」

デザートのシャーベットを食べながら、タクミのお父さんがいうと、

「いやいや、こちらこそ助かったよ」

クニオさんが笑《わら》ってぼくたちを見た。

「浜風町《はまかぜちょう》は、どうだった？」

「最高《さいこう》でした」

タクミがすぐに答える。

「それはよかった」

クニオさんがうれしそうに目を細めた。

「よかったら、また遊びにきてくださいね」

熱《あつ》いお茶を配りながら、アヤコさんがいう。

「今度は、寒い季節《きせつ》にきてもいいですか？」

湯飲みを両手でつつみながら、ぼくは聞いた。

冬の海で、人魚がどんなふうに暮《く》らしているか、見たいと思ったのだ。

「もちろん」

クニオさんはうなずいた。

「そのときは、冬の名物をごちそうするよ」

ごはんを食べおえると、ぼくたちはさっそく絵に取りかかった。

えんかい場にもなる大きな部屋が空いていたので、新聞紙をしいて使わせてもらう。

とちゅうで麦茶とみたらしだんごを差《さ》しいれにきてくれたクニオさんが、ぼくたちのかいている絵を見て、

「すごい大作だね」

と、おどろきの声をあげた。

なにしろ、もぞう紙を十枚《まい》以上《いじょう》はりあわせて、ちょっとした部屋ぐらいの大きさの絵をかこうとしているのだ。

タクミがスケッチブックに色えんぴつでかいた見本を元にして、分担《ぶんたん》した場所に色をぬっていく。

「これだけ大きかったら、ハマグリというより、まるで〈蜃気楼《しんきろう》〉の〈蜃《しん》〉だね」

クニオさんの言葉に、ぼくたちはこっそり顔を見あわせて笑《わら》った。

なんとか最後《さいご》までかきあげると、ぼくたちは絵の左右のはしに、これもホームセンターで買ってもらった細長い木材《もくざい》を、ガムテープではりつけた。

こうしておけば、横断幕《おうだんまく》のように広げることができる。

そのあと、絵の具をかわかすために、絵をそのままにして、お風呂《ふろ》にはいった。

温かい湯船につかると、一日のつかれがとけていくみたいだ。

迷子《まいご》の蜃《しん》のために、明日はがんばるぞ、と思っていると、

「あいつの母ちゃん、気づいてくれるかな」

シンちゃんが不安《ふあん》そうな顔でつぶやいた。

「あんまり遠くにいってなかったらええんやけど……」

「だいじょうぶ」

タクミがお湯で顔を洗《あら》いながら答えた。

「一回で見つからんでも、場所を変《か》えて何回もやったら、そのうち見つかるやろ」

「そやな」

シンちゃんが笑顔《えがお》を見せる。

あの広い海を、ひとりぼっちでただよってたなんて、すごく心細かったと思う。湯舟《ゆぶね》の中で手足をのばしながら、明日はぜったいにお母さんを見つけてあげようと、あらためて心にちかった。


翌朝《よくあさ》、まだ陽ものぼりきらないはやい時間に、ぼくたちはそっと宿をぬけだした。絵を木材《もくざい》に巻《ま》きつけて、窓《まど》から外に出す。

朝もやの中、絵をかかえながら門を出ようとすると、

「あら」

アヤコさんが、ほうきを持って、宿の前の道路をそうじしていた。

「みんなでお出かけ？」

「あ、はい。ちょっと散歩《さんぽ》に……」

タクミが答える。

こんな大きな荷物をかかえて散歩《さんぽ》っていうのは、さすがにちょっとむりがあるよな、と思ったんだけど、

「朝ごはんを用意して待ってるから、気をつけていってきてね」

アヤコさんは絵にはふれずに、笑顔《えがお》で送りだしてくれた。

もしかしたら、なにか気づいてるのかもしれない。

ふたたび歩きだして、昨日《きのう》のトンネルを通る。

がけに囲《かこ》まれた砂浜《すなはま》に到着《とうちゃく》すると、海の坊《うみのぼう》と海人《かいと》と千波《ちなみ》ちゃんが待っていた。

舟《ふね》に乗りこんで、さっそく出発する。

海人《かいと》と千波《ちなみ》ちゃんは、となりを泳いでついてきた。

蜃《しん》は、昨日《きのう》と同じ場所にいた。

さみしいのか、かぼそい声で、きゅいんきゅいんと鳴いている。

「用意はいいか？」

海《うみ》の坊《ぼう》の問いかけに、ぼくたちがうなずくと、舟《ふね》は九十度回転して、蜃《しん》の正面で横向きになった。

「よし、いくぞ」

タクミのかけ声で二手《ふたて》に分かれて、絵の両はしの棒《ぼう》を持つ。

「せーの！」

同時に持ちあげて、くるくると広げていくと、昨日《きのう》ひと晩《ばん》かけてかきあげた巨大《きょだい》なハマグリの絵があらわれた。

「ほう、これはこれは……」

海《うみ》の坊《ぼう》が絵を見て感心の声をあげる。

蜃《しん》は、たぶん生まれてはじめて見る自分のしょうぞう画に、おどろいたように身をふるわせていたけど、やがてパカッと口を開けた。

「いまだ！」

海人《かいと》の号令《ごうれい》に、いつのまにか海の中に集まっていたいくつものかげが、蜃《しん》の下にもぐりこんで、ぐぐっとおしあげた。

大きくのけぞるように蜃《しん》がかたむいて、ななめ四十五度くらいの角度で上を向いたまま、ぶわっとけむりをはく。

ぼくたちの頭上数メートルのところに、大きな蜃《しん》のすがたが映《うつ》しだされた。

人魚たちがひそかに近づいて、蜃気楼《しんきろう》をはきだすしゅんかん、蜃《しん》の口を下からおしあげるというのが、海人《かいと》の作戦《さくせん》だったのだ。

十人近くの人魚たちが、海面に顔を出して、まぼろしの蜃《しん》を見あげる。

もうちょっと高くあがらないかな、と思っていると、海《うみ》の坊《ぼう》がふところからせんすを取りだした。

お経《きょう》を唱《とな》えながら、蜃気楼《しんきろう》をそっとあおぐ。

すると、空中にうかんだ蜃《しん》が、やさしくおしあげられるように、その形をくずすことなく、スーッとのぼっていった。

首が痛《いた》くなるくらい高くまであがったとき、

バシャッ……バシャバシャッ……バシャバシャバシャバシャ……。

水平線の向こうから、くじらのような巨大《きょだい》なかげが、水しぶきをあげながら近づいてきた。

きゅーい、きゅーい

蜃《しん》の赤ちゃんが、うれしそうな声をあげる。

蜃気楼《しんきろう》を見て、親がむかえにやってきたのだ。

赤ちゃんも大きかったけど、その親だから、当然《とうぜん》すごく大きくて、十メートル以上《いじょう》はありそうだ。

二体の蜃《しん》は、しばらく身を寄《よ》せあって、再会《さいかい》をよろこんでいたけど、やがて、ぼくたちの方に、

きゅいきゅい、きゅいきゅい

なにか話しかけるような声を出した。

「いやいや、気になさるな。あたりまえのことをしたまでじゃ」

海《うみ》の坊《ぼう》が首を左右にふりながら答える。

人魚たちも、うんうんとうなずいている。

蜃《しん》の親子は、お礼をいうようにその場でパシャンと水しぶきをあげると、波にゆら

れながら、ゆっくりと海の向こうへと帰っていった。

「――さっき、蜃《しん》はなんていってたんだ?」

蜃《しん》の親子が見えなくなると、海人《かいと》が海《うみ》の坊《ぼう》に聞いた。

「さあ、なんじゃろうな」

海《うみ》の坊《ぼう》はかたをすくめた。

「おおかた、子どもを助けてくれてありがとう、とでもいっとったんじゃろ。ハマグリの言葉など、わしはわからんよ」

そういって、カッカッカと笑《わら》う。

ぼくたちはそれを見て、あきれていたけど、だんだんおかしくなって、笑《わら》いがこみあげてきた。

人魚たちもいっしょに、みんなで大笑《おおわら》いしていると、

「あ、にじだ」

ソラがおきの方を指さした。

水平線にきれいなアーチが見える。

よく見るとそれは七色ではなくて、ハマグリの赤茶色が加《くわ》わった八色のにじだった。蜃《しん》の親が、お礼に見せてくれたのだろう。

「また遊びにこいよー」

海人《かいと》が大きく手をふる。

ぼくたちもにじが消えるまで、ずっと手をふっていた。

蜃《しん》を見送って、みんなと別《わか》れたぼくたちは、宿で朝ごはんを食べてから、水着に着がえて最後《さいご》の海水浴《かいすいよく》を楽しんだ。

さすがにつかれていたので、昼前に引きあげて、塩水《しおみず》を洗《あら》いながすと、お昼ごはんのそうめんを食べる。

そして、荷物の整理をすませると、海人《かいと》と千波《ちなみ》ちゃんにあいさつするため、展望台《てんぼうだい》に足を運んだ。

「またこいよな」

という海人《かいと》と千波《ちなみ》ちゃんに、ぜったいに遊びにくると約束《やくそく》して、さっき買ってきたひしゃくのお守りをわたす。

「六人でおそろいだから」

ぼくがそういうと、海人《かいと》ははにかんだように笑《わら》って、千波《ちなみ》ちゃんは、わーい、とはしゃぎまわった。

それから宿にもどると、荷物を整理して、車に運んだ。

もちろん、蜃《しん》の絵もきれいに折《お》りたたんで、後ろに積《つ》みこむ。

宿題とはべつに、夏休みの共同制作《きょうどうせいさく》として、学校に提出《ていしゅつ》するつもりだ。

準備《じゅんび》が整うと、

「ありがとうございました！」

ぼくたちは宿の前で、クニオさんとアヤコさんに頭をさげた。

「またおいで」

目を細めるクニオさんのとなりで、アヤコさんがうなずいている。

「よーし、それじゃあいくぞ」

ぼくたちが、きたときと同じ席順《せきじゅん》ですわると、タクミのお父さんは車を出発させた。

やがて、門の前まで見送りに出てきてくれた二人のすがたが見えなくなると、

「けっきょく、自由課題《かだい》は決まらなかったな……」

車のシートにもたれかかって、ぼくはため息まじりにつぶやいた。

「ねえ、絵本はどうかな？」

ソラが助手席《じょしゅせき》からふりかえる。

「絵本？」

「リクは、絵にするか、文章にするかで迷《まよ》ってるんでしょ？　だったら、蜃《しん》の話を絵本にしたらいいんじゃない？」

「なるほどな」

となりでシンちゃんが声をあげる。

「絵は、みんなでかいたお手本があるし」

「おもしろそうやな」

タクミものってきた。

「それやったら、宿題のためって理由で、夏休み中にもう一回くらい、浜風町《はまかぜちょう》にこ

れるんとちがうか」
みんなの意見を聞いているうちに、ぼくも、やってみようかなという気になってきた。
開いた窓《まど》から、潮風《しおかぜ》のにおいがはいってくる。
やわらかな太陽がきらめく海に、蜃《しん》の親子や、海《うみ》の坊《ぼう》や、海人《かいと》たちがいるような気がして、ぼくは大きく手をふった。

作　緑川聖司（みどりかわせいじ）

2003年に日本児童文学者協会長編児童文学新人賞佳作を受賞した『晴れた日は図書館へいこう』（小峰書店）でデビュー。作品に「本の怪談」シリーズ、「怪談収集家」シリーズ、「福まねき寺」シリーズ（以上ポプラ社）、「絶対に見ぬけない!!」シリーズ（集英社みらい文庫）、「炎炎ノ消防隊」シリーズ（ノベライズ・講談社青い鳥文庫）などがある。また「笑い猫の5分間怪談」シリーズ（KADOKAWA）など、アンソロジー作品にも多く参加している。大学の卒業論文のテーマに「学校の怪談」を選んだほどの筋金入りの怪談好き。大阪府在住。

絵　TAKA（たか）

イラストレーター。児童・中高生向け読みものの装画・挿絵を数多く手がけている。絵を担当する作品に『ツクルとひみつの改造ボット』（岩崎書店）、「ゼツメッシュ!」シリーズ（講談社青い鳥文庫）、『疾風ロンド』（実業之日本社ジュニア文庫）、「2024年度版「中学生の基礎英語レベル2」（NHK出版）など。大阪府在住。

https://www.taka-illust.com

七不思議神社　迷《まよ》いのまぼろし

作　緑川聖司

絵　TAKA

2024年10月30日　初版発行

発行者　岡本光晴

発行所　株式会社あかね書房

〒101-0065 東京都千代田区西神田3-2-1

電話　03-3263-0641（営業）

03-3263-0644（編集）

印刷所　錦明印刷株式会社

製本所　株式会社ブックアート

ブックデザイン　坂川朱音（朱猫堂）

落丁本・乱丁本はおとりかえいたします。

定価はカバーに表示してあります。

ISBN978-4-251-03741-1 NDC913 167p 20cm×14cm

https://www.akaneshobo.co.jp